KB141296

신경쇠약 직전의 여자

신경쇠약 직전의 여자

1판 1쇄 발행 ◆ 2024년 3월 13일

지은이 ◆ 이계은
펴낸이 ◆ 임중혁
펴낸곳 ◆ 빨간소금
등록 ◆ 2016년 11월 21일 (제2016-000036호)
주소 ◆ (01021) 서울시 강북구 삼각산로 47, 나동 402호
전화 ◆ 02-916-4038
팩스 ◆ 0505-320-4038
전자우편 ◆ redsaltbooks@gmail.com

ISBN ◆ 979-11-91383-43-0 (03810)

책값은 뒤표지에 있습니다.

신경쇠약 직전의 여자

이계은 지음

나이에 관한 사적이고도 정치적인 에세이

빨간소금

지은이의 말

고백건대, 나는 신경쇠약 직전의 여자였다.

　자연임신이 어려워 보조생식기술의 도움을 받는 여성들이 세상의 기준에 따라 '임신이 되지 않는 자기 몸'을 미워했다면, 페미니스트로 정체화한 나는 나를 이중으로 미워했다. 임신이 어려운 나의 몸과 그 몸을 혐오하는 나 자신. 신경증적인 면은 나의 괴팍한 성격이자 정체성이기도 하지만, 임신이 어려웠던 3년간 신경쇠약에 가까운 상태에 시달렸다.

　책 제목은 페드로 알모도바르가 감독한 동명의 영화 〈신경쇠약 직전의 여자〉(1988)에서 빌렸다. 영화 속 사랑에 실패한 여자는 이야기의 시작에 앞서 독백한다. "날 둘러싼 세계가 무너졌기에 세상과 날 구하고 싶었다." 용기 없는 한 남자로부터 촉발된 비극은 희극을 오가며 점차 여자를 곤경에 빠뜨린다. 여자는 오지 않을 전화를 기다리며 급기야 분을 못 이겨 전화기를 부수고, 막상 부수자마자 전화를 기다리기 위해 수리공을 부른다. 진정제를 삼키는 와중에도 친구와, 키우는 동식물을 돌보면서 우연히 마주치는 사람들까지 구원하는 이야기. 끝끝내 남자는 돌아오지 않지만, 마침내 자신을 치유하는 서사에 끌렸다.

한때 나의 세계는 난임으로 무너졌고, 내던져진 상황에 극한으로 휘둘렸으며, 대립하고 불화했다. 이 책은 당시의 나를 있는 그대로 드러내고자 애쓴 결과물이다. 난임이라는 사건은 나의 인식과 관계망을 확장하는 경험이었다. 비록 난임을 계기로 주변 사람들과 미묘한 균열이 생겨나기도 했지만, '그럼에도 불구하고' 더욱 단단해진 관계, 낯선 이의 호의와 우연한 마주침은 나를 다른 세계로 이끌었다.

난임이라는 성엄이 불행 혹은 극복 서사로만 점철되지 않길 바라는 마음, 난임을 경험하는 사람을 '좋은 삶에 대한 욕망을 가진 한 개인'으로 바라봐 줄 것을 바라는 마음, 내 삶에서 힘들었던 한 시절을 옹호하는 마음으로 글을 썼다.

그 당시 나의 모습을 정직하게 바라보고 싶은 욕구는 이제 내가 겪은 소수성을 띤 경험을 마주칠 일 없(다고 믿)는 타인에게 닿고 싶은 욕구로 확장하는 중이다. 내 삶에 펼쳐진, 특히 여성이라는 정체성과 관련한 경험을 모조리 페미니즘의 관점으로 사유하고 언어화하고 싶은 사람으로서, '개인적인 것이 가장 정치적인 것'이라는 이제는 익숙한 구호에 따라 내면의 파도를 언어화하며 살아가려는 사람으로서.

2024년 2월
이계은

차례

3 이미 온전한 삶

4 나는 여전히

1

이야기의 시작

그로 말할 것 같으면

2011년 5월, 당시의 나는 불안정한 이십 대 초반의 첫 연애가 끝난 뒤 마음의 공백을 메우기 위해 술에 의존하는 스물다섯 살의 불안한 여자였다. 그런 내 앞에 나타난 남자의 첫인상은 '어린 왕자'였다. 나보다 나이는 여섯 살이나 더 먹었다는데 생긴 건 훨씬 앳돼 보여서 괜한 심술이 났다.

첫 만남에 그는 말수가 적었다. 원래 그런 건지, 내가 마음에 들지 않은 건지 파악이 어려웠다. 소개팅을 주선한 선배는 그더러 내 집 가는 길을 배웅하라고 권했지만, 나는 혼자 갈 수 있다며 한사코 거절했다. 그에게 '주체적이고 독립적인 여성'이라는 패를 꺼내 보이고 싶었다. 첫 만남에 그가 썩 마음에 들지는 않았지만, 그의 마음에는 들고 싶었는지도.

그는 첫 만남부터 지금까지 내가 서설하는 것에 대해서 선을 넘은 적이 단 한 번도 없다. 홧김에 "연락하지 마!"라고 말하면 절대로 연락하지 않는다거나, "혼자 있고 싶어"라고 말하면 정말 혼자 있게 해 준다거나…. 정확히 그 지점이 불만이었다. 나는 상대에게 원하는 게 있어도 결코 입 밖으로 꺼내지 않고 상대가 파악해서 끌어 주기를 바라면서 상대방을 시험에 들게 하는 변태(!)였고, 지금도 여전히 그런 편이다. 변덕스럽고 기복 많은 내 감정 상태에 비하면 그는 어떤 상황이든 굳건하고 초연한 심성이 강점이었다. 열정적인 연애를 꿈꾸는 나로서는 종종 지루했지만, 길게 보면 그 성격 덕을 가장 많이 본 건 바로 나였다.

두 번째 만났을 때 그의 손톱에는 기름때가 있었다. 선박의 기관실에서 일하는 그는 지금이 기계를 수리하는 기간이라고 했다. 책 읽는 남자의 뒷등을 섹시하다고 느끼던 나는 기름때 낀 그의 손을 유심히 바라보았다. 여전히 과묵한, 기름때 낀 그의 손이 매력적으로 다가왔다. 그는 나와 전혀 달랐고, 그래서 더 끌렸다.

우리는 그의 어머니가 돌아가신 지 10년이 돼 가던 때 사귀기 시작했다. 어머니를 뵙진 못했지만, 그분에 관한 이야기를 듣는 건 좋았다. 어머니는 돌아가시기 전까지 스무 살 넘은 당신의 아들을 "우리 아가"라고 불렀다. 그 말을 처음 들었을 때 그가 어머니에게 모든 걸 의존한 마마보이였을 거란 생각에 거부감이 들었다. 하지만 그가 집에서 "아가"

라고 불리는 것 치고는 어머니가 수행하는 노동에 해박한 동시에, 대부분 관여했다는 점에서 오해를 풀 수 있었다. 이를테면 어머니의 가사 노동 시중을 들고 어머니 심부름으로 가을이면 산에서 도토리를 자루째 주워 오는 등, 그가 가진 눈썰미와 일머리는 대부분 어머니와 오랜 기간 협업을 통해 다져진 성과로 보였다. 그는 혼자서 할 줄 아는 음식은 없지만 보조 역할 만큼은 기막히게 한다. 이를테면 애호박전을 부칠 때 소금 간은 주저하지만 모양을 그럴듯하게 내거나, 갈비찜을 만들 때 들어가는 채소의 종류가 헷갈려서 허둥대면 인터넷 검색을 하지 않고도 필요한 재료를 읊어 주고, 시시때때로 필요한 뒷정리를 말끔하게 한다.

각자의 살아온 환경 역시 달랐다. 시골 태생의 내가 자란 환경이 흡사 부모님 세대의 유년 시절이었다면, 그의 유년기는 나보다 30년 정도 시간이 흐른 뒤인 것처럼 현대적으로 느껴졌다. 텔레비전 드라마에서 보던 전형적인 화목한 중산층 가정의 풍경처럼 생경했다. 어린이날에는 과자종합선물세트를 받고 크리스마스 아침이면 트리 밑에 선물이 놓이는 유년 시절을 보낸 도시 태생의 남자는 20년 후, 어린 시절 혼자서 슈퍼마켓에 다니기 전까지 간식은 구황작물뿐이고(그래서 여전히 고구마라면 넌더리를 내고) 장난감이라곤 없어 풀을 뜯고 놀았다는 시골 태생 여자의 푸념을 참을성 있게 듣는다. 부모님으로부터 물질적으로, 또한 정서적으로 살갑고 곡진한 사랑을 받은 그는 모든 행동에 사랑스러움이 배어 있었다. 부모님처럼 살지 않는 것이 꿈인 나와 반대로 그의 천성과 사고방식, 빛과 그늘이 모두 그들로부터 비롯된 것 같았다.

그의 꿈은 아버지가 되는 것이었다. 처음에는 무슨 그런 시답지 않은 꿈이 다 있나 생각했다. 누구나(아무나) 부모가 될 수 있는 세상에서 부모 되기를 꿈꾸다니! 그런데 어느덧 사랑에 빠진 나는 그 마음을 어느 순간 내면화하기 시작했다. 그의 바람은 천천히 내 마음을 물들였다. 하지만 나중에 알게 된 사실은 우리가 부모 되는 일이 여느 사람들처럼 마음먹으면 되는 일이 아니었다는 것이다. 우리에게는 결코 쉬운 일이 아닐 줄이야. 그동안 공들인 피임이 억울했다.

그와의 관계는 내가 '엄마'가 되기로 결심하는 데 결정적인 영향을 끼친 변수다. 그는 여성을 하찮게 대하지 않는다는 점에서 페미니스트였다. 그로부터 여성으로서가 아닌 인간으로서 존중받는 점이 좋아서 결혼했다. 그와 함께라면 고질적인 가부장제 사회에서 질식하지 않고 숨통을 틔울 수 있을 것 같았다. 우리에게 아이가 생긴다면, 기존의 뿌리 깊은 성역할을 따르지 않고 새로운 삶을 살 수 있을 것이라는 기대감이 생겼다. 그에 대한 믿음이 있었다. 아이를 낳은 나를 '엄마'라는 단일한 정체성으로 가두지 않을 것이라는.

베이비 피버

1.

겨울이 다가오는 어느 날, 할아버지가 손주와 버스정류장에서 버스를 기다리는데 추운 날씨에 비해 꼬마는 얇은 외투를 입고 있다. 꼬마가 추워하자, 할아버지가 그를 양팔로 감싸안는 모습을 보면서 순간 부러운 마음이 들었다. 내가 아이였을 때 누군가 날 저렇게 보호했을까. 부모로부터 살뜰한 보살핌을 기대할 수 없었던 아이는 주변에 도통 도움을 청할 줄 모르는 어른으로 자랐다. "아이가 아이였을 때 자신이 아이란 것을 모르고"* 스무 살이 훌쩍 지나, 나를 나보다 더 아끼고 사랑하는 사람들을 만나면서 비로소 안심한 나는 뒤늦은 퇴행을 겪었다. 내 안의 아이를 인정해 주고 보살펴 준 사람들이 있었다. 그로부터 10년 뒤 나는

* 빔 벤더스 감독, 〈베를린 천사의 시〉, 1993.

누군가를 아이로 삼고 누군가의 엄마가 되고 싶은 충동을
느꼈다.

2.

결혼 초반에 나의 원가족이 모인 자리에서 언니의 평소 귀
여워하던 세 살 난 아기를 조심스럽게 안았다. 아기 역시
내 품이 편안한지 머리를 기댔다. 아이를 갖고 싶은 갈망은
이따금 만나는 조카들로 충분하다고 느끼던 시절이었다.
그날 내가 아기를 안은 모습은 사진으로 남았고, 얼마 뒤
그 사진을 보면서 생경한 감정에 사로잡혔다. 이번에는 아
기를 포근히 감싸안은 내 모습에 마음이 뭉클해졌다. 어떤
한 존재를 살뜰히 보살피고 사랑하고 싶은 욕구, 바로 아이
를 갖고 싶은 열망이었다.

3.

영어권 국가에서는 아기를 낳고 싶은 여성의 욕망을 '브루
디(broody, 알을 품고 싶어 하는)'로, 스칸디나비아에서는 '베
이비 피버(baby fever, 아이에 대한 열망)'로 부른다.** 첫 번
째 유산 후 일종의 베이비 피버가 생겨났다. 상실은 상실일

** 벨 보그스, 이경아 옮김, 《기다림의 기술》, 책읽는수요일, 2020.

뿐 치유되는 고통이 아니었다. 진정으로 치유와 회복의 상태에 도달하기 위해서는 다시금 아이를 품을 수 있어야 한다고 집요하게 생각했다. 그 뒤 아이 갖기는 주요한 목표이자 삶의 화두가 됐다.

4.

"나조차 나의 것이 아니잖아요." 이 대사는 노아 바움백 감독의 영화 〈결혼 이야기〉에서 "난 찰리와 그의 인생에 줄곧 맞춰 살았어요"라는 말에 대한 부연으로 등장한다. 영화 속에서는 결혼과 출산으로 자아를 잃는다며 부정적인 뉘앙스로 흘러나왔을 이 대사가 나에게는 다르게 들렸다. 나에게는 이것이야말로 결혼하고 아이를 가지면서 세 명 이상의 가족이라는 관계망을 형성하는 이유가 됐다. 나조차 내 것이 아닌 상태, 개별적인 내가 존재하지 않는 상태, 서로 얼기설기 얽힌 관계…. 그것은 내가 추구하는 관계였고, 내가 사랑하는 남편과 추구하는 관계의 형태였으며, 구체적인 실현 방안으로 우리의 아이를 갖는 꿈을 꿨으니까.

5.

"당신이 필요해요. 그녀가 말했다. 그래서 나는 정신을 차리고 걷는다. 빗방울에 맞아 살해되어서는 안 되겠기에."*

베르톨트 브레히트의 시를 좋아한다. 이 시의 화자가 느끼는 감정이 무엇인지 이 시를 열렬히 애정한 20대에는 잘 몰랐지만, 지금은 알 것도 같다. 아이가 생긴 뒤 번지점프를 하지 못하게 됐다는 누군가의 말에서, 자식보다 하루 더 사는 게 꿈이라는 발달장애인 부모의 말에서, 그리고 내 존재를 열렬히 필요로 하는 아기 은호를 위해서, 오로지 내가 필요하다는 사실만으로도 더 나은 삶을 살아 내고 싶은 감정이 드는 지금, 이 시를 좀 더 이해하게 됐다.

"사랑에 대한 처방은 오직 더 많이 사랑하는 것밖에 없다."**

---

* 베르톨트 브레히트 등, 김남주 옮김, 《아침저녁으로 읽기 위하여》, 푸름숲, 2018, 19쪽.

** 헨리 데이비드 소로, 로라 대소 월스 엮음, 부희령 옮김, 《매일 읽는 헨리 데이비드 소로》, 니케북스, 2022, 62쪽.

부자연스러운 삶의 시작

합계출산율이 0.78%로 추락한,[*] 아기를 낳고 돌보는 일이 여성에게 벌칙처럼 여겨지는 사회에서 내가 아이를 간절히 원한 건 부자연스러웠다. 여기서 말하는 '자연스러움'은 어릴 적 부모로부터 받은 살가운 사랑을 유전적으로 연결된 아이를 낳아 전하고픈, 소위 '본능'이라 부르는 욕구다.

　농사일로 바쁜 부모님을 대신해 언니들과 할머니, 대가족 제도의 여러 손에서 자란 나는 어릴 때 부모님이 진정으로 환하게 웃는 모습을 본 기억이 없다. 어린 내 눈에 삶은 노동과 고단함의 연속처럼 비쳤다. 유년 시절 기억하는 엄마의 사랑은 농사일과 집안일에 시집살이까지 '쓰리콤보'로 번아웃된 당신이 지친 몸을 이끌고 병원과 목욕탕에 나

---

[*]　'2022년 출생·사망 통계(잠정) 자료', 〈인구동향조사〉, 통계청. 합계출산율은 가임기 여성(15~49세) 1명이 가임기간(15~49세)에 낳을 것으로 예상되는 평균 출생아 수를 일컫는다.

를 데리고 다니던 일이다. 그건 엄마가 어린 나를 위해 하는 유일한 노동이었다. 시내까지 왕복 두 시간이 걸리는 여정이었지만, 다녀오는 동안 엄마는 어린 나에게 군것질을 시켜 주지 않았고 시종일관 과묵했다.

삶이 고단했을 엄마에게 나 역시 목욕탕에서 단지 모양의 바나나우유를 사 달라고 조르지 않았다. 나와 또래의 자식들을 옆에 끼고 살갑게 생선 살을 발라 주던 친척 어른들의 틈바구니에서, 홀로 묵묵히 밥을 먹으며 그렇지 않은 엄마를 이해하려 애쓰는 조숙한 아이였다. 지금에 와서야 그 당시 엄마에게 독립적인 경제권이 없었으며 만성적인 우울증에 시달렸을 것이라고 헤아려 볼 뿐.

어른이 되면서 고단한 의무와도 같던 부모님의 삶으로부터 가장 먼 곳으로 도망친 삶을 살고 싶었다. 자연히 가정을 꾸리는 일에 부정적일 수밖에 없었다. 하지만 아이러니하게도 전혀 다른 결에서 살아온 남자를 만났다. 그의 꿈은 좋은 아버지가 되는 것이었고, 생선 살을 발라 주는 다정한 어머니, 주말마다 가족과 온전히 시간을 보내며 가정에 헌신하는 아버지의 영향력 아래에서 자랐다. 나와 다른 환경에서 살아온 사람이라는 생각에 종종 냉소적으로 되기도 했다.

그와 사귄 지 3년째에 헌신적이고 다정한 그와 결혼했다.

"해가 저물면 둘이 나란히 지친 몸을 서로에 기대며 그날의 일과 주변의 일들을 얘기하다 조용히 잠들고 싶어."* 이런 노랫말 같은 결혼 생활을 꿈꾸면서. 함께 살면서도 그에 대해 아는 건 별로 없었다. 내 곁에서 그는 마치 자아가 없는 사람처럼 행동했다. 내가 좋아하는 것이라면 자신도 좋다고 말했다. 내가 좋아하는 것은 되도록 좋아하려고 애쓰는 사람처럼 보였다. '어려서부터 많은 사랑을 받고 자란 사람한테서 나오는 여유일까?'라며 깊이 생각하지 않고 넘기곤 했다. 하지만 나와 한 가지 분명하게 다른 점이 있다면, 그는 아이를 무척 좋아한다. 아이를 바라는 그의 마음은 나에게 서서히 전이됐다. 결정적으로 나는 그 이유 하나만으로 '아이 있는 삶'을 결심했다.

신혼 초, 어느 날 남편의 지인들이 만든 문집에 실린 그의 인터뷰를 보았다. 그중 남편이 답하지 못한 한 가지 질문에 속상함을 느꼈다. "살면서 가장 기뻤을 때?"라는 질문에 그는 "아직 없다"라고 답했다. 질문자는 예상 답변으로 '결혼'이 나오지 않은 점에 의아한 듯 재차 물었고(내 말이!), 남편은 이렇게 답했다.

"결혼은 가장 행복했던 때로 꼽을 수 있지만 가장 기뻤던

---

* 신해철, '일상으로의 초대', 앨범 〈Crom's Techno Works〉, 1998.

때는 아닌 것 같다."

그의 전부가 돼 그를 독점하고 싶은 시절이었다. 남편이 공백으로 남긴 답변은 두고두고 신경 쓰였다. 그에게 가장 기쁜 순간은 무엇일지 확인하고 싶은 강렬한 욕망이 치솟았다. 그를 기쁘게 해 주고 싶었다. 단언컨대 우리의 아이가 태어나면 '살면서 가장 기쁜 순간'으로 꼽을 사람이기에, 나는 그 순간을 선물하고 싶었다.

임신을 계획하다

결혼을 계획하고 준비하는 동안 남편과 2세에 대한 구체적인 이야기는 나누지 않았다. 그는 아이를 원하고 나는 원하지 않는다는 확연한 입장 차이가 있음을 알고 있었을 뿐이다. 하지만 어느 순간 내가 양보하리라는 것을 어렴풋이 느끼고 있었다.

만화 《아이, 낳지 않아도 될까요?》에는 결혼 2년 차, 아이를 가질지 말지 결정하지 못하고 망설이는 여성이 주인공으로 등장한다. 그는 일상에서 마주치는, 아이를 낳은 여자와 아이를 낳지 않기로 결심한 여자, 아이를 어렵게 낳은 여자 등 여러 군상을 만난다. 그리고 "아이는 언제 가질 거냐?"라는 정답이 전제된 불편한 질문을 던지는 남편의 식구들을 마주하며 자신이 과연 아이를 가진다면 어떨지, 좋을지 나쁠지를 고민한다.

고민은 계속된다. 책의 마지막 장면에서 드디어 남편에

게 묻는다. "아이 갖고 싶어?" 그러자 거꾸로 남편이 질문한다. "아이를 낳는 건 치호만 할 수 있는 일이니까, 일단 치호가 마음을 정해야만 그 후의 이야기를 할 수 있지 않을까?"* 그 뒤 그녀는 어떤 결정을 내렸을까?

　마찬가지로 나 역시 아이를 낳기로 마음먹는다면 시기에 대한 권한만큼은 전적으로 나에게 있어야 한다고 생각했다. 그리고 그 시기는 최대한 나중으로 미루고 싶었다. 하지만 결혼 1년 차가 지나면서 2세 계획에 관해 점점 시가와 나의 욕구 사이에 긴장감이 맴돌았다. 결혼은 가족이 확장되는 면에서 엄청난 변화다. 나는 남편의 가족으로부터 인정받고 소속감을 느끼고 싶었다. 그러기 위해서 가장 필요한 건 아이를 갖는 일이었다. 아이가 생기면 그 존재를 매개로 시가 식구들과 전보다 살갑고 가까운 관계를 맺을 수 있을 것 같았다. 하지만 그런 인정욕구만으로 아이 낳는 시기를 서두른다는 게 바람직한지 의문이 들었고, 페미니스트로서 자존심이 허락하지 않았다. 2016년은 페미니즘 리부트가 한창이었고, 나는 결혼한 페미니스트라는 점에서 이미 페미니즘의 반역자가 된 기분이었다. "비혼, 비출산이 최선이긴 하지만 혹시 결혼하실 여자분들, 절대 남자 성 물

*　코바야시 유미코, 노인향 옮김, 《아이, 낳지 않아도 될까요?》, 레진엔터테인먼트, 2016, 115쪽.

려주지 마세요"*라는 당시 인터넷 커뮤니티의 구호에 따라 내 성을 물려주겠다고 고집할 배포는 없지만, 최소한 시기만큼은 주도권을 쥐고 싶었는지 모른다.

내 주변의 많은 결혼한 여성이 임신과 출산을 쉽게 여기는 것처럼 보였다. 원하는 임신이든, 원치 않는 임신이든 같은 결과를 지켜냈다. 아이를 키우며 보통 사람들처럼 살아가기, 옛날 고릿적 사고방식처럼. 덜컥 아이가 생기면 결혼하고, 결혼하면 아이 낳는 일을 당연하다고 여기는 것 같았다. 하지만 나는 계속해서 망설였다. "'그냥' '어쩌다 보니'와 같은 마음으로 아이를 키울 수 있을까?"**

세상이 바뀌었다고 하지만, 여전히 엄마가 되고 싶지 않은 여자를 바라보는 사회의 시선은 냉혹했다. 남편을 비롯한 시가 식구들의 바람과 나의 욕구 사이에서 선택의 때가 다가오고 있었다. 그러다 홧김에(?) 배란일에 피임하지 않는, 나로서는 충동적인 행동을 저질렀다. 내가 진심으로 아이를 원하는 건지 아닌지 정확한 결심이 서지 않은 상태였지만. 결국 인정욕구의 승리였다.

얼마 뒤 임신 테스트기에서 두 개의 선을 확인한 나는 다소 놀랐다. 애쓰지 않고 무언가를 얻는 일이 나로서는 희귀

*   권혁란, 《엄마가 되기 위해 태어나는 사람은 없다》, 낮은산, 2022, 21쪽.
**   코바야시 유미코, 노인향 옮김, 앞의 책, 111쪽.

한 경험이었기 때문이다. 내심, 나는 임신하기 어려울 거라 판단하고 있었다. "몸이 차면 애가 잘 안 들어선다"라는 말이 있듯이, 몸이 냉한 편이었기에 어려서부터 그런 세간의 걱정(?)을 내면화했는지 모른다. 사실 내가 보기에 원치 않은 임신으로 불행해지는 여성이 훨씬 많은 것 같았으나, 세상은 여성에게 갑작스러운 변화인 임신 이후의 삶을 걱정하지 않았다. 오히려 자기 의사와 상관없이 임신이 되지 않을 상황을 걱정하는 경우가 많았다. 여성에게 진정한 불행이란 '불임(임신이 되지 않는 일)'이라고 여기도록 하는 사회였다.

어쨌거나 당장에는 내 인생에서 흔치 않은 행운이었다. 임신 사실을 알고 들떴고, 당당해졌고, 기다려졌다. 갑자기 찾아온 행운이 멈출까 불안에 떨기도 했다. 하지만 '몸이 찬 여자는 수태력이 좋지 않다'는 세간의 인식을 내면화해서였을까. 임신 후 끊임없이 유산 공포에 시달렸고, 불길한 예감은 적중했다. 행운은 길지 않았다.

심장 소리를 기대했는데…

"계류유산*입니다."

　태아의 심장 소리를 기대하며 간 날이었다. 수정란은 아기집 상태에서 더 이상 자라지 못한 채 잔류했다. 의사는 자연유산을 기다리기보다 잔류한 태반을 수술로 빨리 없애는 편이 좋다고 말했다. 순간적으로 '좋은 이유'란 유산 과정을 빨리 끝낼수록 다음 임신을 일찍 준비할 수 있기 때문이라고 느꼈다. 수술 날짜를 서둘러 다음 날 오전으로 잡았다.

　하지만 여성으로 살면서 절대 하고 싶지 않은 경험 중 하나가 소파수술**이었다. 특히나 중절 수술에 대한 공포가

＊　임신 후 발달 과정의 이상으로 아기집만 있고 태아가 보이지 않거나 사망한 태아가 자궁에 잔류하는 상태를 말한다.

＊＊　소파(搔爬)는 한자어로 긁어낸다는 뜻으로, 소파수술은 갈고리 모양의 '큐렛'이라는 기계로 긁어내는 수술이다.

있었다. 특유의 날카로운 느낌, 날카로운 기구가 내 몸의 가장 깊고 여린 공간을 헤집어 놓을 상황이 두려웠다. 소파수술에 대한 나의 첫인상은 이십 대에 본 영화의 한 장면으로부터 시작한다. 원치 않은 임신을 한 여자 주인공이 임신중단을 위해 수술대에 올랐다가 마취 직전 자리를 박차고 나오는 장면이다. 수면 마취를 하기 직전 사지를 결박하는 의료적 행위에 심한 두려움을 느끼면서. 사람들은 대체로 그 공포를 '모성으로 인한 죄책감'이라고 제멋대로 해석하곤 했다.

하지만 내가 당장 그 수술을 해야 하는 상황에 부닥치자, 처량하게만 보였던 영화 속 여성의 처지가 부러웠다. 적어도 그녀에겐 선택의 여지가 있다, 수술대를 박차고 나올 수 있는. 하지만 나에게는 선택지가 없었다. 의사는 수술하지 않으면 태중에 잔류한 조직이 염증을 일으킬 거라고 설명했다. 유산한 나로서는 수술대 위에 오르는 처지를 피할 도리가 없었다.

임신하면 끝, 열 달 뒤면 아이를 낳는 것으로 여겼다. 유산은 예상치 못한, 내 삶의 각본에 없는 일이었다. 하지만 수술을 받고 나서 인터넷 검색으로 알게 된 사실은 유산이 임신한 여성의 몸에서 드물지 않게 발생한다는 것이다. 임신한 여성 중 20%가 경험하는, 안타깝지만 빈번한 일. 한 번 더 놀랄 수밖에 없었다. 내 주변에 결혼 유무를 통틀어 유산 소식을 들은 건 이 비율에 한참 못 미쳤는데, 그렇다면 많은 이가 유산 경험을 감춘다는 말일까?

인터넷 커뮤니티를 통해 접한, 유산을 경험한 여성들의 심리는 대개 슬픔보다는 '자책'과 '조급함'이었다. 보통 유산의 원인은 수정란 자체의 결함, 즉 염색체 이상이 대부분이라고 한다. 그럼에도 유산 관련 검색어 1위는 '유산 원인'인데, 자신이 몸 관리를 제대로 못해서 유산했다는 자책감에 시달리는 여성이 많다. 다음으로 많이 보이는 질문은 "언제부터 다음 임신을 준비할 수 있나요?"이다. 의사들은 보통, 수술로 생긴 자궁의 상처가 회복되는 데 최소한 석 달 걸리므로 그 뒤에 준비하라고 답한다. 하지만 인터넷 커뮤니티의 질문들과 나의 심리상태는 '(그것보다) 하루빨리 아이를 가지고 싶다'였다.

예전에 지인이 유산한 지 몇 달 지나지 않아 다시 임신을 시도한다는 이야기를 듣고서 안타까운 마음이 들었다. '아이가 건강보다 중요한가? 몸이 완전히 회복될 때까지 기다리면 좋겠는데.' 하지만 처지가 바뀌자, 나의 태도 역시 달라졌다. 수술하자마자 하루 종일 '유산 후 임신 성공 후기', '유산 후 임신 가능성' 따위를 검색했다. 유산의 고통은 다음 임신과 안전한 출산으로만 치유될 것 같았다. 집착이 생겼다. 상처를 회복하려면, 슬픔을 이겨내려면 다시 아기를 가져야 한다고 집요하게 생각했다.

유산을 경험한 여성들이 인터넷 커뮤니티에 적은 성공담은 일관됐다. "계류유산 한 번(에서 두 번 이상) 겪고 난 뒤 한약 먹고 몸조리 잘하니 몇 달 뒤(에서 몇 년 후) 아기천사가 찾아왔어요." 하지만 '유산 판정을 받고 수술을 받는다 → 다니던 직장을 그만두거나 쉬고 몸조리에 전념한다 → 한약을 몇 재 지어 먹으며 건강관리에 힘쓴다 → 아이가 생긴다'는 서사 어디에도 '고통을 날것 그대로 드러내며 치유하는 사람의 이야기'는 없었다. 물론 유산 후 다시 아이를 가져 출산하게 된 것은 축복이다. 하지만 그간의 과정에서 느꼈을 외로움, 부담감, 고독을 공감하고 싶었는데 그 어디에도 언어화돼 있지 않았다.

사실, 유산 후 몸조리는 상처받은 몸과 마음을 치유하는 과정이기보다는 다음 임신을 준비하는 과정으로 점철된다. 아마도 유산되자마자 시가나 친정에서 지어다 주는 한약이 은연중, 몸과 마음의 회복보다 '다음 임신 준비'에 방점이 찍힌다는 것을 느끼기 때문이리라. 결국 유산이라는 고통 자체에 집중할 마음의 여유를 빼앗긴다. 마치 유산이 출산이라는 결론을 도출하기 위한 시작 단계의 과정인 것처럼.

어느새 나 역시 내 몸을 출산을 위한 도구쯤으로 여기고 있음을 발견했다. 임신 실패가 '인생 실패'처럼 여겨졌다. 그렇기에 다시 임신해서 안전하게 출산까지 할 수만 있다면 몸이 상하더라도, 회복 중인 지금 당장이라도 아이를 가지겠다는 생각뿐이었다.

몇 달째 산부인과를 다니며 임신을 준비하는 친구가 임신이 뜻대로 되지 않는 것을 "취업이 되지 않아 전전긍긍하는 취업준비생"의 심리상태와 같다고 이야기했다. "그럼 (유산한) 나는 일하다가 두 달 만에 해고당한 거냐?"라며 우스갯소리를 던졌는데, 어쩌면 정확한 비유라는 생각이 들었다. 임신은 결국 여성의 몸에서 일어나기 때문에, 임신이 되지 않거나 유산하는 것은 취업하지 못해 자책하는 취준생처럼 자책감을 불러일으켰다. 내 몸에 이상이 있는 건 아닌지, 내가 뭘 잘못 먹어서인지, 아니면 내가 뭘 챙겨 먹지 않아서인지 자신을 검열했다. 그래서 유산 후 나는 줄곧 "몸 관리를 잘해서 이른 시일 안에 임신을 준비할 것"이라고 떠들고 다녔다.

오! 수정(授精)

2017년 1월에 계류유산으로 소파수술을 받은 뒤 한동안 상실감과 함께, 불운을 겪었다는 충격과 자기연민으로부터 좀처럼 헤어나지 못했다. 모든 일을 중단하고 쉬면서 몸은 그럭저럭 나아졌지만, 마음은 회복되지 않았다. 유산 트라우마가 생긴 것이다. 마음의 문제는 임신해야만 치유될 수 있다고 집요하게 생각했다.

의사들은 소파수술 후 자궁이 회복되기까지 통상적으로 석 달간의 임신 휴지기를 권고한다. 그 기간은 어떤 면에서 임신을 시도조차 할 수 없는 '불임의 시간'이기 때문에 나는 조바심이 났다. 날카로운 큐렛으로 손상된 내막에 새살이 돋으며 회복 중인 자궁을 상상하며 따분한 기다림의 시간을 보냈다. 그 뒤 석 달이 아니라 3년이라는 긴 기다림의 시간이 펼쳐질 길 예상하지 못한 채. 석 달 뒤 다닐이 집에는 임신 테스트기에 이어 배란 테스트기까지 쌓여 갔다.

4월부터 10월까지 정확히 일곱 번의 시도와 일곱 번의 실패를 반복하면서, 어느덧 자궁의 실패는 정체성의 실패로 번지고 있었다.

아침에 눈 뜨자마자 기초 체온을 재는 것으로 하루를 시작했다. 체온이 오르다가 떨어지는 기점인 배란일을 기다렸고, 배란 전후로 '숙제'를 해 내면 2주간의 기다림이 시작됐다. '긍정적인 상황을 떠올리면 현실이 됩니다!'라는 자기계발서의 진부한 주문을 되뇌고, 머릿속으로 난자와 정자가 만나서 수정란이 자궁내막에 착상하는 장면을 끊임없이 연상하는 '이미지 트레이닝'을 했다.

어느덧 일상은 임신이라는 목표를 중심으로 돌아갔다. 시간 감각 역시 생체 주기를 기준으로 달라졌다. 수정란을 키울 준비를 하던 내막이 착상에 실패한 결과 몸 밖으로 탈락하는 월경혈은 임신 실패의 상징인 동시에 새로운 도전의 출발점이었다. 월경 시작일부터 이틀은 눈물 바람으로 이불이 얼룩지기 마련이었지만, 3일 차부터는 마음을 다독이며 새로운 난포가 무럭무럭 성숙하기를 바라며 생활과 식습관을 가다듬었다. 끊임없이 생성과 소멸을 반복하는 몸, 하지만 반복되는 실패에 임신 테스트기는 영원히 한 개의 선만을 보여 줄 것만 같아서 점차 절망적인 마음이었다.

임신이 되지 않는 몸을 자책하고 급기야 원망하기에 이

르자 다른 방법을 찾았다. 포털 사이트에 '난임'*을 검색하면, 난임이 점차 늘어나는 추세와 함께 난임 클리닉의 각종 정보가 등장하며 결론은 병원에 가야 한다는 메시지였다. 시술별 성공률은 클리닉마다 달랐지만 대체로 인공수정 10%대, 시험관 시술 30%대였다. 이 수치가 나에게는 전혀 희망적으로 느껴지지 않았다. 실패율로 따지면 인공수정은 90%, 체외수정은 70%에 달하는 무시무시한 수치니까.

현재의 나로서는 자연임신보다 확률이 높은 의료적 개입이 필요했다. 당장에 '시험관 아기'라는, 생소하지만 인공수정보다 성공률이 높은 시술을 받을 요량으로 난임 클리닉을 방문했다. 하지만 의사는 내가 젊다는 이유로 시기상조라며, 우선 몇 달간 배란을 촉진하는 호르몬제를 복용하면서 자연임신을 시도하길 권했다. 처음으로 처방받은 배란 유도제 '클로미펜'을 하루 두 번, 월경 시작하고 사흘째부

---

* 국어사전에 따르면 난임이란 "임신하기 어려운 일. 또는 그런 상태"를 뜻한다. 난임은 현재 한국 사회에서 질병 코드를 부여받으며 건강보험이 적용되는데, 당사자의 의지와 상관없이 임신이 어려운 상태를 치료가 필요한 질병으로 바라보는 인식은 다소 차별적인 면이 있다. 하지만 임신을 원하는 당사자들은 국가로부터 난임 치료를 지원받는 일이 급선무이므로, 난임 지원 확충을 위한 당사자 청원 등의 활동을 활발히 전개하고 있다. 2022년 기준 병원으로부터 난임 진단을 받은 인구는 총 24만965명으로 여성 15만5,041명, 남성 8만5,924명이다(국민건강보험공단).

터 나흘 정도 복용했다. 임신을 위해서 멀쩡한 몸에 호르몬을 인위적으로 조절하는 약을 쓰는 일이 썩 내키지 않았지만, 아무렴 긍정적이었다. 의료 개입이 임신의 가능성을 높인다는 생각에 성마른 기분이 진정됐다. 클로미펜은 아주 작은 알약이다. 기껏해야 쌀알만 한 이 약이 난포를 자극해 배란을 촉진한다니 약간 의심스러웠다. 약의 부작용은 위력적이었다. 두통과 홍조, 메스꺼움 등 바로 나타날지 모르는 현상보다 중장기적인 부작용, 난소암 발병률을 3배 증가시킨다는 외국의 역학조사 결과가 눈에 띄었다.

클로미펜으로 두 달간 자연임신을 시도했지만 전부 실패였다. 내 몸이 클로미펜의 효능은 흡수하지 못한 채 부작용만 중장기적으로 발현시키지 않을지 걱정했다. 담당의는 이번에는 다른 배란유도제 '페마라'를 써 보자고 권했다. 플랜B에 대한 권유라면 뭐든 좋았다. 인터넷 검색 끝에 클로미펜이 자궁내막을 얇게 만드는 부작용이 있다는 이야기를 들은 터라, 다른 약을 쓴다는 의사의 적극적인 태도가 내심 고마웠다. 새롭게 시도하기로 한 페마라는 본디 유방암 치료제다. 비슷한 시기에 유방암 판정을 받은 지인이 있었는데 그녀는 살기 위해, 나는 낳기 위해 같은 약을 먹는 상황이 아이러니했다. 하지만 이번에도 두 달 내내 테스트기는 한 줄을 보여 주었다. 조바심이 났다.

나의 불안을 수용한 담당의는 다음 단계로 인공수정을 제안했다. 안내에 따라 정부 지원을 받기 위해 필요한 절차로 몇 가지 피검사와 나팔관 조영술을, 남편은 정액 검사를 했다. 담당의는 검사 결과 다낭성난소증후군*이 있으며 NK세포 수치**가 다소 높은 편이지만, 직접적인 난임의 원인은 되지 않는다고 설명했다. 우리는 의사가 발급한 "원인불명의 난임"으로 표시된, 아이러니한 난임 확인서를 보건소에 제출했다.

　인공수정은 '인공'이라는 단어의 인위적인 어감과는 달리 사실상 자연임신과 다를 바 없다. 임신 성공률 역시 자연임신과 비슷하다. 여성은 배란기에 배란이 원활하도록 경구용 알약보다 강도 높은, 주사기를 사용한 호르몬 제제를 투여한다. 남성은 여성의 배란 예상일에 병원에서 마련

---

* 　다낭성난소증후군은 환경적 요인으로 점차 늘어나는 추세인데 양상이 다양하다. 다낭성난소증후군으로 의심되는 경우, 배란이 원활하지 않거나 당뇨 발병 위험성이 높아진다는 보고가 있다.

** 　NK세포는 자연살해세포(Natural Killer Cell)로, 이 세포의 수치로 몸의 면역력을 확인할 수 있다. NK세포 수치가 높다는 건 인체 면역력이 높다는 징표일 수 있으나, 아이러니하게 임신 측면에서는 자궁에 이식된 배아를 이물질로 판단해 공격할 수 있어서 초기 착상을 방해하는 요소로 복 수 있다는 보고가 있다. 따라서 NK세포 수치가 높은 나이 환자는 배아 이식하는 날에 일시적으로 이 수치를 낮추는 수액을 처방받기도 한다.

한 한 평 남짓한 공간에서 고독히(?) 정액을 채취한 후 쭈 뼛쭈뼛하며 간호사에게 건넨다. 그러면 의사는 정액에서 운동성이 낮은 정자를 제외하는 방식으로 간단한 선별 과정(정자 워싱)을 거친 뒤, 기구를 이용해 여성의 자궁 깊숙이 주입하는 것으로 끝이다. 그래서 인공수정의 정식 명칭은 '자궁 내 정자 주입술'이다. 의료비가 비싼 미국에서는 인공수정을 스스로 시도할 수 있는 셀프 키트를 판매할 정도로 비교적 단순한 시술이다.

인공수정 이후의 과정, 그러니까 '마침내' 정자와 난자가 만나서 수정되고 점차 포배기 배아로 발달하는 일은 눈에 보이지 않는 여성의 자궁 안에서 일어난다. 따라서 나는 인공수정 시술을 그다지 신뢰하지 않았다. 시험관에서 상태 좋은 정자와 난자를 인공적으로 결합해 성숙한 배아로 키운 뒤 여성의 자궁에 주입하는, 눈에 보이는 방식의 시험관 시술(체외수정)이 훨씬 믿음직스러웠다. 나의 몸(자궁)을 불신하고 인큐베이터(시험관)를 신뢰하기에 이른 것이다.

인공수정은 보기 좋게 실패했다. 첫 번째 유산 후부터 1년이 지난 시점이었다. 자연임신 시도 7회, 배란유도제를 겸한 자연임신 시도 4회, 인공수정 1회까지 총 열두 번, 열두 달이 지났지만 여전히 나는 제자리, 원점이었다. 차이 없는 반복에서 대상 없는 분노와 허무를 느꼈다. 플랜C가 필요했고, 그건 사람들이 '시험관'이라고 부르는 체외수정 시술이었다.

시험관 시술이라는 낯선 세계에 진입하다

어릴 적 스티븐 스필버그의 영화 〈A.I.〉를 서글프게 보았다. 세월이 흘러 우연히 '시험관 아기'라는 말을 접했을 때의 첫인상으로 그 영화를 떠올린 것도 같다. 과학기술로 만든 특별한 로봇 아이. 사랑할 줄 알게 설계됐지만, 미성숙한 인간의 변심으로 버려진 슬픈 로봇. '슬픈'과 '로봇'이라는 말이 어울리지 않는 것과 마찬가지로 '아기'라는, 순진무구하고 무해한 존재 앞에 '시험관'이라는 인위적인 단어는 도무지 어울리지 않았다. 그래서 스무 살쯤의 나는 가볍게 생각하고 넘겼을 것이다. '그런 걸 도대체 왜 하는 거야!'

정확히 10년 후, 나는 과거에 결코 이해하려 하지 않았던 영역에 자발적으로 뛰어들어 힘껏 괴로워하며 시행착오를 겪고 있었다. 시험관 아기는 1970년대에 난임을 치료하기 위해 개발돼 전 세계적으로 퍼진 의학 시술이다. 하지만 지극히 인위적인 방식이라며 껄끄러운 자신의 느낌을 표현의 자유인 양 유감없이 드러내는 사람이 여전히 많다. 내가 들은 최악의 말은 '체외수정으로 태어난 아이가 자연의 이치를 거스르므로 병에 걸릴 확률이 높다'이다. 아무런 과학적 근거를 제시하지 않은 채 자신의 느낌에 의존한, 시쳇말로 '아무 말 대잔치' 그 자체다. 아마도 그는 우연한 계기로 그렇게 생각하기로 했을 것이다. 이를테면 어느 날 지인 중 체외수정으로 태어난 아이가 소아암에 걸리자 지나친 일반화를 감행했을 가능성이 크다. 자신이 가진 편견에 하나의 사례가 과학적 근거인 양 부풀려졌을 터. 그리고 꼭 '자연스러움' 타령하는 사람들 패턴이 모성 역시 '자연스러운 본능'으로 규정하면서 여성을 억압하는 데 앞장서고, 여성을 육아와 가정에 종속시키곤 한다는 걸 나 역시 경험으로 알고 있다.

나는 경험하지 않은 세계에 관해 편견이나 거부감이 없는 편이다. 자연임신이 유산이라는 경험으로 실패한 후 몸이 회복되자마자 매달 자연임신을 시도했다. 그 6개월 남짓한 시간이 이후 난임 병원에 진입해서 본격적으로 시술받기 시작한 때보다 오히려 심적으로 힘들었다. 첫 번째 유산 후 내 몸에 대한 확신이 없었고 매달 자연임신할 확률이 높아 보이지 않았기 때문이다. 기왕 임는 마음 상태라면 확률이 조금이라도 높은 조건에서 고군분투하고 싶었다.

인공수정 1차에 성공했다는 친구가 다닌 병원을 찾아갔다. 하지만 친구가 그 병원에서 아이를 출산하는 동안, 산부인과와 난임 클리닉이 함께 있는 그 병원에서 나는 인공수정과 시험관 시술까지 총 네 번의 실패를 경험했다.

2

난임이라는 세계

난임 병원 가는 날

난임 시술에 매달리는 삶이란 간단히 말하자면, 밑지는 인생이었다. 남들이 성장이라는 관점에서 진로와 인생의 거창한 목표를 두고 고민할 때, 눈에 보이지도 않는 자궁에서 벌어지는 이벤트에 전전긍긍하면서 할 수 있는 노력이란 음주를 자제하고 회사 다니듯 주기적으로 난임 클리닉을 방문하며 난포 상태를 확인하는 것이었다.

네 번의 초기 유산과 착상조차 실패하는 회차를 네 번 겪으며 통장 잔고가 바닥나자, 우리가 아이를 원하는 게 지나친 욕심은 아닐지 회의감에 빠졌다. 임신에 매달린 몇 년을 보냈지만, 여전히 제자리걸음으로 실패를 거듭하니 별다른 원인이 없는 우리에게 아이가 생기지 않는 건 하늘의 뜻이 아닌가 싶어 위축됐다.

나는 2017년 10월에 난임 클리닉 진료를 시작으로 다섯 개 병원을 전전하며 2019년 11월까지 햇수로 3년간 난임 치료를 받았다. 처음으로 난임 클리닉에 들어서는 날, 시술만 받으면 임신이 된다고 믿은 나는 앞으로 3년간 오로지 임신을 위해서 이 병원 저 병원의 난임 클리닉을 전전하게 되리라고 전혀 예상하지 못한 채 천진난만했다. 나의 첫 난임 클리닉은 제법 규모 있는 여성병원에 있었다. 아이들과 산모들로 어수선한 1, 2층의 소아청소년과와 산부인과를 지나 3층에 '아이원센터'라는 이름이었는데('아이를 원하는'의 줄임말이자 난임센터를 순화한 표현), 누군가 놀리는 기분이었다. 차라리 '난임 클리닉'이 덜 굴욕적일 것 같았다. 실패 회차가 누적될수록 3층의 난임 클리닉에 갈 때마다 승강기에서 마주치는 산모들과 아이들, '(아이를) 이미 가진 자'들의 풍경을 지나치는 것이 고역이었다.

난임 클리닉 안에서도 공공의 적이 은밀하게 존재했다. 바로 임신 성공 사실을 대기실의 그렇지 못한 내원 환자들에게 애써 감추려 하지 않는 사람들이다. 승리의 표식인 초음파 사진을 흔들며 여유 있는 태도로 진료실을 나서거나, 아무런 표식 없이도 그저 표정이 모든 걸 말해 주는, 대기실을 나서는 표정이 지나치게 환하고 밝은 사람들. 보통 난임 클리닉에서 환하게 웃을 일이란 임신 사실을 알았을 때 말고는 없다. 난포가 바람직한 속도와 크기로 잘 자랐다는 사실만으로 함박웃음을 짓기란 그 뒤 펼쳐질 기나긴 과정을 생각하면 경솔한 태도니까. 사실 이건 다 난임 클리닉의 진료 대기시간이 지나치게 긴 탓이다. 배려가 부족한(?) 부러운 승자들을 보면서 속으로 다짐했다. 나는 임신하면 그러지 말아야지. 기쁜 마음을 드러내지 않고, 경거망동하지 않으며, 다른 이들과 위화감을 조성하지 않으리라.

회차가 늘어날수록 병원을 대하는 태도에 변화가 생겼다. 그도 그럴 것이 그들도 인간인지라 크고 작은 실수를 연발했다. 짙은 농도의 프로게스테론 근육주사를 엉덩이에 천천히 맞아야 하는데 가볍게 따끔 하는 주사를 맞고 나서 이게 무슨 주사냐고 물었다. 그러자 항생제 주사로 잘못 놨다고 대수롭지 않게 여기는 간호사를 만난 뒤 정신을 바짝 차렸다. 난임 커뮤니티에서 얻은 정보로 병원과 의사마다 환자에 따라 약을 어떻게 쓰는지 비교·분석하고 추가로 요청할 약물은 없는지 수소문했다. 어느 순간 초음파 화면을 보며 의사가 난포와 자궁내막 상태를 진단하기도 전에 만족하거나 조바심 내는 경지에 이르렀다. 수정란 배아 이식 후 주입하는 프로게스테론 호르몬제를 질정으로 처방받으면 상대적으로 흡수율이 높은 근육주사로 바꿔 달라며 의사에게 당당히 요구하는, 흡사 '약쟁이'가 따로 없었다. 커뮤니티에서 고차수 환자들은 각자 처방받은 세부 명세를 판단하고 조언하며 자조적으로 말했다.

"우리 이쯤 되면 반(半)의사 아니니?"

착상에 성공했지만 임신이 안정적으로 유지되지 못하고, 어떤 회차는 착상조차 실패해서 0점이라는 단호한 임신 수치가 나오기를 반복하며 집안 한구석에는 주삿바늘과 약병이 쌓이기 시작했다.

난임 시술 용어 사전

다음은 난임 시술을 경험하면서 얻은 얕은 지식이다. 자궁의 생김새조차 잘 알지 못했던 나는 난임 검사의 첫 관문인 나팔관 조영술을 시작으로 각종 '호르몬 칵테일' 주사를 직접 놓으면서 실패를 반복, 본의 아니게 이 분야의 베테랑이 됐다.

매달 월경통에 시달리는 여성들은 신체적 고통에 어느 정도 단련된 편이다. 그래서인지 자궁과 관련한 질환을 비롯해 난임, 임신과 출산에 이르기까지 전방위적으로 망라한 고통을 호소할 때 어려서부터 이런 말을 듣곤 한다. "고통을 잘 못 참는군요." "잘 다스려 보세요." "여성이/엄마가 되어 가는 과정이에요." "불안해서 그래요." 고통을 참으며 내색하지 않는 인간으로 사회화된 여성은 자신의 고통을 있는 그대로 표출하는 것에 인색하다. 그 결과 여성의 몸에서 벌어지는 고통과 질환에 대한 지식이 부족한 사회가 됐

다. 나 역시 그랬다. 뒤늦게나마, 난임과 관련해서 각각의
시술이 어떤 느낌이었는지 '있는 힘껏' 엄살을 떨어 볼 요
량으로 정리했다.

나팔관 조영술

난임과 관련한 시술 전체를 통틀어, 아니 이후 임신에서
출산에 이르는 모든 과정을 통틀어 가장 고통스러운 경험
은 '나팔관 조영술'이었다. 나팔관 조영술은 조영제를 사용
해서 양쪽 난관이 막혔는지를 확인하는 검사다. 나팔관은
난소와 자궁 사이를 이어주는 기관으로, 염증이 있거나 막
혀 있으면 난임의 원인이 된다.

대체로 고통을 잘 견디는 편인 나는 힘든 시술을 곧잘 참
으며 의사와 간호사의 칭찬을 받곤 했다. 벌써 6년 전 일이
지만, 절대 잊히지 않고 다시는 받고 싶지 않은 시술이 있
다면 바로 나팔관 조영술이다. 아픈 건 얼마든 참을 수 있
다. 하지만 조영제가 '질경'이라는 기구를 통해 몸속 깊은
데서부터 퍼지는 느낌은 참을 수 없는 괴로움이었다. 복부
CT를 받을 때 주사기를 통해 몸속으로 들어온 조영제의 뜨
거운 기운이 질 속 깊숙한 곳에서 시작해 나팔관이라는 좁
은 통로를 따라 퍼지며 뻐근하고 불쾌한 기분, 이어서 더는
참을 수 없는 기분을 느꼈다. 저항 의지조차 상실한 마루

타가 돼 생체 화학 실험을 당하는 기분이었다. 방사선사는 "움직이면 처음부터 다시 해야 해요"라는 무시무시한 경고와 함께 질경을 질 속 깊이 찔러 넣었다. 조영제가 몸 안에서 서서히 퍼져 나갔다. 그리고 이 모든 과정은 형광등을 켠 차가운 플라스틱 소재의 검사대 위에서 하의를 횅하니 드러낸 채 이루어졌다. 하는 수 없이 두손에 얼굴을 묻고 하염없이 흐르는 눈물을 훔칠 뿐이었다.

그날 목걸이를 잃어버렸다. CT 촬영 후 옷을 갈아입는 동안 깜박했다. 하지만 병원으로 다시 찾으러 갈 엄두가 나지 않았다. 분명 아끼는 목걸이였건만, 디자인도 한물가서 바꿀 때가 됐고 팔아 봤자 얼마 못 받는다며 합리화했다. 한동안 이유 모르게 치가 떨리며 대상 없는 분노가 일었다. 누굴 원망하겠는가, 무능한 내 자궁을 탓할 수밖에.

배 주사

'배 주사'는 고용량의 호르몬을 스스로 투여하는 방식의 주사로, 한 달에 한 개 정도 성장하는 난자의 크기와 수를 늘릴 목적으로 처방한다. 월경이 시작되고 셋째 날부터 난포를 키우기 위한 배 주사를 시작해 5~7일 정도 맞는다. 이 기간에 난포가 잘 자라고 있는지 2~3일에 한 번 병원을 방문해 초음파로 크기를 확인하면서 난자 채굴 시기를 확정

한다.

셀프 배 주사는 체외수정 시술을 경험하지 않은 사람들이 '시험관' 하면 떠올리는 무서운 이미지 가운데 하나다. 난임 부부의 삶을 소재로 한 드라마와 영화 등에서 일종의 클리셰로 등장하기도 한다. 사람들은 생각할 것이다. '마약쟁이도 아니고 매일 아침 자기 몸에 주사기로 호르몬을 주입하다니, 가엾어라!' 시술 과정을 통틀어 가장 자학적이고 고통스럽다고 추측할지 모르지만, 정작 당사자인 나는 반대였다. 주사를 놓을 때마다 마치 몸에 좋은 수액이라도 맞는 양 긍정적인 기분이었다.

임신에 대한 희망으로 만져지지도 느껴지지도 않는 몸속 난자들이 무럭무럭 자라나는 모습을 끊임없이 이미지 트레이닝했다. 약간의 자긍심도 있었다. 나는 주사를 퍽 잘 놓았기 때문이다. 심지어 엉덩이에 맞는 근육주사조차 스스로 놓았다. 배란 기간에 '난자의 질을 높이는 음식' 따위를 검색해서 먹을 것 하나까지 신경 썼고 이미 임신한 몸인 양 조심스러웠다. 오히려 배 주사 놓는 사람을 불쌍하게 보는 대상화된 시선이 더 상처였다. 물론, 이건 사람마다 다르다. 과배란 시기에 호르몬의 노예가 돼 고통을 호소("난 과배란 때마다 투견이 돼")하는 사람에 비하면 나는 이식 이후의 과정이, 임신 테스트기의 두 줄을 기다리는 시간이 훨씬 괴로웠다.

난자 채취

월경을 시작한 후 얼마간, 매일 아침 배에 주사를 놓으며 무럭무럭 키운 난포를 드디어 채굴하는 날이다. 체외수정 시술 중 가장 아프고 수고로운 과정으로, 보통 수면 마취로 이뤄진다. 체외에서 난자와 정자를 안정적으로 채취하면, 이윽고 시험관에서 수정시키고 2~5일 배양한 후 자궁에 배아를 이식함으로써 시술이 끝난다.

나는 체외수정 전 과정에서 난자 채취를 네 번 했다. 채취 전 프로포폴을 주입해 환자를 재우는 수면 마취는 은근한 중독성이 있어서 나도 모르게 기다려지는 순서였다. 수술대 위에 긴장해서 바짝 얼어 있는 와중에도 "마취액 주입합니다. 하나, 둘, 셋 세어 보세요"라는 말에 "하나, 둘, 셋" 숫자를 세다가 어느 순간 안드로메다로 빨려 들어가는 느낌은 일종의 길티 플레저였다. 연예인들이 불법적으로 과다 투여해 뉴스에 등장하는 논란의 프로포폴을 주기적으로 주입하는 삶이라니.

과배란을 한다고 해서 모든 몸이 똑같이 반응하지는 않는다. 같은 양의 약물을 수입하더라도 난소 상태에 따라 천차만별. 최악은 과배란 약물을 과다 투여했지만 난자가 제대로 자라지 않아서(공난포) 이식이 취소되는 경우다. 나는 운이 좋았다. 난자예비력이 충분해서 과배란으로 스무 개 이상의 난자가 나왔고, 정자와 수정 후에 안정적으로 살아남아 냉동 보관할 수 있는 배아가 열 개 이상이었다. 난임의 세계에서 나는 '난자 왕', '냉동 부자'였다. 물론 난자 왕 치고는 매번 성적표가 초라했지만….

임신에 성공한 차수를 관장한 의사는 스무 개가 넘는 난자를 채취한 후 우리 부부에게 자랑스럽게 말했다. "안쪽 깊은 데 있는 난자 하나하나까지 (배를) 꾹꾹 눌러 가면서 전부 채취했어요." 그 말을 듣고 갑자기 위치도 모르는 난소가 쿡쿡 쑤시는 느낌이 들었지만, 아무렴 감사한 마음이었다.

배아 이식

채취한 난자와 정자를 수정시켜 배양실에서 무럭무럭 키운 포배기 배아를 드디어 자궁에 이식하는 순간, 대망의 '배아 이식'이다. 가느다란 관에 배아를 담아 자궁경부를 통해 자궁 안에 삽입하는 과정으로, 난자 채취와 비교하면 별도의 마취가 필요하지 않고 5분이면 끝나는 간단한 시술이다. 단, 이식 전에 환자는 방광을 채워야 한다. 배아를 이식할 때 의사는 복부초음파를 통해 이식 위치를 파악하는데, 방광이 차 있으면 초음파가 더욱 선명하게 보이기 때문이다.

이식을 마무리하면 의사는 복부초음파 화면에서 반짝이는 점을 가리키며 말한다. "이게 배아예요. 여기 잘 심었어요. 임신 돼서 만나요." '심었다'는 의사의 표현이 귀엽게 느껴졌다. '나의 소중한 배아야, 부디 자궁에 잘 뿌리내리렴.' 흑백의 화면에서 배아는 반짝인다. 저 반짝이는 점이 유실되지 않고 순조롭게 세포분열을 거듭한다면, 빠르면 일주일 후 '두 줄'을 볼 수 있다. 벌써 임신한 기분이다.

매뉴얼상으로는 배아 이식 후 30분에서 한 시간 정도는 회복실에서 그대로 누워 있기를 권장한다. 배아가 자궁 안에 자리를 잘 잡을 때까지 움직이지 않는 것이 좋다는 판단이지만, 의학적 근거는 없다는 보고도 있다. 하지만 곧바로 일어서면 중력의 영향으로 자궁에 주입한 배아가 유실될 것만 같은 불안감이 엄습하기에, 마음 같아서는 몇 시간이고 누워 있고 싶다. 하지만 그러기에 나의 작은 용량의 방광은 폭발 직전이다. 총 일곱 번 이식했는데, 그중 한 의사는 이식 후 소변줄로 친절히(?) 소변을 빼 주면서 내가 한 시간이고 두 시간이고 회복실에서 '눕눕' 자세를 유지할 수 있도록 했다.

배아 이식이라는 삭은 성공 후 한동안 지하철을 타면 태연스레 임산부 좌석에 앉곤 했다. '내 안에 5일 배양 포배기의 상태 좋은 배아가 있어요. 지금쯤 감자 배아로 한창 분열 중이겠죠. 곧 난황이 생기고 심장 소리가 우렁찬 태아로 자라날 거예요.'

돌 주사

난자 채취가 끝나는 동시에, 배아 이식을 기다리며 새로운 주사와의 동거가 시작된다. 착상에 도움된다는 프로게스테론이라는 황체호르몬 성분 주사를, 임신을 확인하고 10주 정도까지 매일 같은 시간에 꼬박꼬박 맞는다. 프로게스테론 성분 약제는 질정으로도 있지만, 흡수율이 떨어져서 많은 병원이 엉덩이에 맞는 주사제를 선호한다. 나 역시 '임신 가능성'을 높이기 위해서라면 기꺼이 주사를 감당하는 편이 낫다고 생각했다.

당시 내가 맞은 주사 이름은 '슈게스트'로, 점도가 높은 기름 성분 탓에 맞은 자리가 멍이 들고 딱딱해져서 '돌 주사'라고 불렀다. 주사 맞은 자리를 충분히 마사지하지 않으면 열감, 간지러움과 함께 몽우리가 잡히는 무시무시한 주사다. 병원에서는 근육에 놓는 주사라서 자칫 잘못하면 마비가 올 수 있다며 스스로 놓는 것을 금지한다. 따라서 난임 당사자 여성은 처방전을 들고 매일 동네 의원에서 꼬박꼬박 진료비를 내며 주사 맞는 수고로움을 추가해야 한다.

그러나 나는 도저히 매일 그 발품까지 팔 수는 없어서 돌 주사를 직접 놓았다. 엎드린 상태에서 상체를 반쯤 세우며 팔을 꺾어 자기 엉덩이에 가까스로 주사를 놓는 한 여성의 모습을 상상해 보라.

난임 클리닉의 지시에 따라 돌 주사를 처방받기 위해 병원을 전전하지만, 동네 병원에서 주사 처방을 거절하는 사례가 빈번하다. 그래서 '주사 난민'이라는 단어가 생겨날 정도로 당사자에게 이중의 고충을 안겨 줘 문제가 되기도 했다. 2019년 중반 이후 배에 놓는 자가 주사가 도입되면서 어느 정도 해결됐다.

나는 이때에도 돌 주사 자체의 번거로움과 수고로움보다 기다림의 고통이 컸다. 배아가 착상했을지 유실했을지 결과를 예측할 수 없지만, 머릿속을 온통 차지한 생각을 떨치지 못하는 괴로움이 컸다. 그때 내가 할 수 있는 안식의 행위는 근처 공원을 산책하며 하릴없이 꽃잎이나 나뭇잎을 한 잎 한 잎 뜯어가며 결과를 점치는 일이었다.

습관성 유산 검사와 자궁경

이식 후 임신이 되면 그것으로 끝이지만 비임신 혹은 유산이 되면 비로소 네버 엔딩 스토리, '진짜' 시험관의 세계는 그때부터 시작이다. 새롭게 개발되는 신약과 신기술을 모두 시도하며 자발적으로 피를 말리기 전까지는 시술을 중단하기 힘든 상태가 되기 때문이다. 통상 두 번째 실패까지 의사는 고개를 갸웃하면서도 무미건조한 태도로 세 번째 시술을 권한다. 하지만 세 번째에도 실패 혹은 유산이라면, '반복 착상 실패'나 '습관성 유산'으로 규정하며 검사를 권한다. 세 번 이상 실패해야 검사료의 일부 금액을 지원한다. 검사 항목은 총 네 가지, 즉 자가면역, 혈액 응고, 엽산 대사, 부부 염색체 검사다. 결과에 따라 염색체 이상은 PGS(Pre-implantation Genetic Screening, 배아 염색체 이상 검사) 시술을 권하고, 그 밖의 문제는 주사제 등으로 조절한다. 별다른 문제가 관찰되지 않는다면 또다시 시술을 진행하는데, 착상 확률을 높이기 위해 보통 '자궁경'이라는 시술을 받는다.

나는 총 여섯 번의 실패 중 착상이 전혀 되지 않은 경우가 세 번, 착상됐지만 유산한 경우 역시 세 번으로 반복 착상 실패와 습관성 유산 증상이 뒤섞인 상황이었다. 검사 결과는 "원인불명"이었는데, 의사는 다음 배아를 이식하기 전에 자궁경 시술을 권했다. 자궁경이란 자궁의 크고 작은 혹(폴립)을 제거함으로써 내막 상태를 임신이 잘되게 만드는 시술로, 자궁내막에 특별한 문제가 없더라도 착상 확률을 높인다는 이유로 행해지곤 했다. 시험관 시술 후기에 따르면 자궁경은 대부분 두 번 이상 실패한 사람들이 받는 시술로 명문화돼 있다.

당사자들은 성공 확률을 높이는 시술이라면 비급여 항목이라도 의사가 권하기 전에 먼저 요청할 준비가 돼 있었다. 일시적으로 비용이 많이 들더라도 하루빨리 임신하는 편이 여러 회차를 도전하며 성공이 지연되는 것보다 낫기 때문이다. 시험관 성공 비결을 올리는 게시판에는 '자궁경 한 뒤 성공했어요'라는 후기가 많았다. 하지만 이것만으로는 실제로 자궁경이 임신 확률을 높인 것인지, 아니면 그저 '될 때'가 돼서 그런 것인지 확언할 수 없다.

최초의 상처

난임 치료를 시작하면서 시술 사실을 나의 원가족과 남편의 가족을 제외하고는 주변에 별다른 함구령을 내리지 않았다. 가족에게 알리지 않은 까닭은 실패에 대한 부담감을 함께 지기 싫었기 때문이다. 차라리 '아이 없는 삶'을 결심한 딩크족 부부로 보이고 싶었다. 반대로 주변에 시술 소식을 감추지 않은 까닭은 단지 감출 필요가 없어서였다. 시험관 시술이 부끄러운 일이 아니고 감춰야 할 일도 아니니까. 하지만 그건 순진한 생각이었다. 생각보다 이 사회에 체외 수정 시술에 대한 편견과 낙인이 깊숙이 자리하고 있음을, 이후 시술 사실을 알게 된 사람들이 나에게 보인 태도와 반응을 통해 깨달았다.

　시험관 시술이라는 낯선 세계에 입문하면서, 믿고 의지하는 주변인들로부터 힘을 받고 싶었다. 응당 나의 결정에 응원과 지지를 보낼 거라 기대했다. 하지만 기대만큼 주변 사람들로부터 별다른 지지와 호응을 끌어내지 못했다. 시술 사실을 알린 것을 후회했다.

어느 날 내 시술 소식이 가까운 지인이 속한 한 육아 모임에서 언급됐다는 이야기를 전해 들었다. 그 순간 마음속에 버티고 있던 어떤 마지노선이 와르르 무너지는 기분이었다. 임신이 어려워 곤란을 겪는 내 이야기가, 별다른 어려움 없이 임신한 사람들의 모임에서 오르내린다는 사실이 수치스러웠다. 무엇보다 내가 시술받는다는 사실을 아는 사람들이 있었으나, 나에게 그것에 관해 언급한 사람은 없었다는 점이 상처가 됐다. 나의 시술은 어느새 공공연하게 회자했지만 내가 없는 자리에서였고, 나는 걱정이나 응원 등을 비롯한 개인적인 연락을 받지 못했다. 나의 시술이 하나의 은밀한 비밀이자 한담의 소재로 소비된 느낌이었다.

그건 분명 상처였지만, 나 역시 살면서 전해 들은 타인의 이야기를 무심코 넘긴 적이 부지기수였다. 얼마 전 친한 선배 부모님의 건강이 나빠졌다는 이야기를 전해 듣고도 직접 연락하지 못했다. 그 선배는 소식을 들은 사람 중 누구에게도 안부 연락조차 받지 못해서 한동안 많이 힘들어했다. 몇 년 전 그날의 내 상황과 비슷했다. 당시 나는 안부라노 묻는 산난한 마음 씀씀이늘 살기 바쁘나는 씽계로, 노 어떻게 말을 꺼내야 할지 어려워 무신경하게 넘겨 버렸다.

이제야 이해한다. 몇 년 전 그들에게도 악의는 없었으리라는 것을. 더군다나 소식을 들은 사람들은 시험관 시술에 대한 사회의 부정적이고 낯선 인식에 갇혀 난감해하며, 무어라 말을 건네기 어려웠을지도 모른다.

하지만 이 작은 사건으로 분노하고 고립을 선택한 나는 그 뒤로 기나긴 침묵을 선택했다. 같은 처지가 아닌 이상 난임의 고통은 공감받지 못하고 타자화된다는 사실을 처음으로 깨달았다. 따라서 이해받지 못할 바에야 상대방의 무지가 낫다고 판단했다. 비로소 사람들이 시험관 시술을 공개적으로 밝히지 않는 이유를 알게 됐다. 그렇게, 외롭고 쓸쓸하게 시험관의 세계에 진입했다.

"시험관 3차이상, 이식전, 30대 이상"

일상에서 전화보다는 문자 메시지로 소통하는 방식을 선호하는 편이다. 배달 대행 플랫폼의 흥행이 낯선 이와의 통화를 어려워하는 세대 맞춤형 전략이라는 분석을 보면, 이건 비단 나뿐만 아니라 일종의 시대정신이 돼 가는 듯하다.

사실상 새로운 사회의 관계 맺기 방식으로 데이트앱을 비롯해 SNS로 사람을 사귀는 방식이 이제는 전혀 이상하지 않는 시대다. 한때 나는 온라인에서 인연을 찾아 헤매는 이들을 내심 딱하게 바라보았다. 정작 가까운 현실에서는 관계 맺기 어려워하는 외로운 사람들이 하는 행동이라 여겼다. 그런데 그 사람이 바로 나였다.

난임을 경험하면서 어느덧 오픈 채팅방에 입문했다. 난임은 관련 경험이 없다면 공감받기 어려운 특수한 경험이나. 통계식으로 어싱 다섯 명 중 한 명은 난임일 가능성이 있다지만, 당시 내 관계망에는 생애 주기상 임신을 준비하는 이들조차 많지 않았다. 온 세상에 나 홀로인 듯했다. 그래서 특정 주제에 대한 공감대를 바탕으로 관계 맺는 오픈 채팅방에 입문했다. 나와 같은 처지인 사람들을 온라인으로 직접 찾아 나선 것이다.

사이버 인연에 대해 냉소적이었던 나는 오픈 채팅방에서 열심히 수다 떨고 정보를 교류하며 지지를 주고받는 (impowerment) 경험을 하며 그들과 어느새 일상적인 관계를 맺었다. 그곳은 온라인 자조 모임이다. 자조(自助)란 '스스로 돕는다'라는 뜻으로, 스스로 돌보고 문제 해결 방법을 찾는 것이다. 우리는 아기를 원하고 사회적 고립을 경험한다는 공통점을 지녔다. 백과사전에는 "자조 모임 구성원들은 동료애를 발휘하여 사회적 고립이나 낙인에 의한 은둔을 방지할 수 있고 주거, 보건, 고용 기회 면에서도 도움을 받을 수 있다"라고 나오는데, 우리 모임은 이 목적을 충실히 따랐다.

오픈 채팅방에서는 방에 입장하고 퇴장하는 규정을 따라야 했다. 임신이 안정적으로 확인되는 순간, 퇴장이다. 우리는 아침에 눈을 떠 잠들기 전까지 모든 일상을 함께했다. 각자 사는 곳, 하는 일, 시술 주기는 달랐지만, 서로를 응원하고 지지하는 마음은 같았다.

난임 여성들의 고통은 뜻대로 되지 않는 인생에 대한 비애와 더불어 사회적 고립을 견디는 것으로 증폭된다. 같은 처지가 아닌 이상 난임 여성의 고통은 공감되기보다 대상화된다. 어느 순간 내가 아이에 관한 농담을 해도 사람들은 눈치 보며 웃지 않았다. '불쌍한 사람'이 되고 마는 것이다. 동등한 건 결국 같은 처지인 사람들뿐이기에 온라인 세상을 향해 동지를 찾아 나설 수밖에.

하지만 난임이라고 해서, 시험관 시술 경험이 있다고 해서 모두 같은 처지일 수 없다. 여러 오픈 채팅방을 거치다 정착한 방은 "시험관 3차이상, 이식전, 30대 이상"이라는 조건이 붙는 방이었다. 각각의 조건은 하나의 일치점을 지향했다. 최대한 같은 처지 사람들끼리 모이는 것. 당시 정부 지원 횟수는 체외수정 신선배아 이식 4회, 동결배아 이식 3회, 인공수정 3회였다.[*] 따라서 '시험관 3차 이상'은 정부 지원 횟수가 막바지에 이르렀음을 의미했다. 정부 지원은 사실상 마지노선을 뜻했다. 정부 지원 없이 100% 자부담으로 시험관을 진행한다는 건 그만큼 절박하다는 뜻이었지만, 한편으로는 그럴 만한 경제적 여력이 있다는 뜻이기

[*] 난임 지원 정책은 저출산 해결 방안과 당사자들의 요구가 맞물리며 점차 확대되는 추세다. 이 지원 횟수는 2017년 기준이며, 2024년 2월 기준, 신선배아·동결배아 구분 없이 체외수정 20회, 인공수정 5회로 확대됐다.

도 했다. 우리 부부는 형편에 맞게 정부 지원 차수 내 임신을 목표로 했다.

어느 순간 나는 난임을, 그것도 시험관 3차 이상 시도하지 않은 사람과는 안정적인 소통에 어려움을 겪는 히스테릭한 상태에 놓였다. 당시 소셜 커뮤니티의 오픈 채팅방에서는 신선이식과 동결이식을 합쳐 5회 이상이면 대체로 '고차수'로 호명했다. 시험관 고차수는 N회라는 실패를 거친 사람이다. 그만큼 실패의 상처에 어느 정도 단련된 사람이다.

그 시절 나의 정신적인 소통 창구는 그곳이 전부였다. 이날, 뾰롱, *희, 누리, 굿, 하하, 호이, 그리고 나. 우리는 그렇게 만났다.

오르막길

"이제부터 웃음기 사라질 거야. 가파른 저 언덕을 봐."[*]

어느 더운 여름날 아침, 우리의 대화 소재는 노래 '오르막길' 가사였다. 하하 언니가 유튜브 링크를 올리며 덧붙였다.

"저 가사 우리 신랑한테 바치고 싶다. 긴 시간 투정 한 번 안 부리고 항상 다독여 주고 고마워. 그나저나 왜 여기다 고백ㅋㅋ."

그러자 너도나도 한마디씩 거들었다.

"가사처럼 굳이 고된 나를 택했지. 우리 신랑도 참 짠혀."

그 와중에 날리는 팩트폭격,

"남편은 나 고된 사람일 줄 모르고 선택한 거겠지만 ㅋㅋ ㅋㅋ 떠나래도 안 떠난디야~."

[*]　정인·윤종신, '오르막길', 앨범 〈2012 월간 윤종신 6월호〉, 2012.

일동 폭소.

"맞어, 이리 오래 걸릴 줄 몰랐겠지. 이 정도로 고될 줄이야."

그날의 대화는 또다시 신세 한탄으로 끝났다. 대화는 항상 이런 식이다.

오픈 채팅방에서 우리는 난임이라는 끝이 보이지 않는 터널을 함께 걷는 남편에 대한 고마움과 미안함을 종종 나눴다. '오르막길'은 그런 면에서 우리들의 노래다. 행복하기 위해 결혼했지만 "웃음기 사라지던" 날들이 연속으로 펼쳐지는 시절이 끝나지 않을 것처럼 길게만 느껴졌다.

결혼하고 세 번째로 맞이한 내 생일, 남편은 축하 카드에 '행복하자'는 흔한 말 대신 "앞으로도 힘든 일 있어도 잘 이겨내자"라고 적었다. 정확히 두 번 반복한 '도'에 조금 힘이 빠졌다. 이미 많은 고난을 겪은 뒤 겸손해져 버린 우리에게 남은 희망은 행운이 아니라 불행을 잘 극복할 수 있다는 의지뿐인 걸까 싶어서. 우리는 얼마나 더 힘을 내야 하며, 언제까지 버텨야 할까.

결혼한 지 일 년 되는 해에 첫 유산을 겪고 슬픔을 추스르기도 전에 남편의 아버지가 갑자기 세상을 떠나셨다. 그 뒤로도 임신 실패와 유산을 거듭했다. 이 두 문장이 결혼 후 4년간 결혼 생활 전부를 수식했다. 행복할 틈 없이 닥친 고난과 시련이었다. 우리가 결혼한 까닭은 마치 함께 울기 위해서, 덜 외롭게 고난을 헤쳐 나가기 위해서인 것처럼 느껴졌다.

이 노래를 두고 내가 존경하는 오세향 선생님은 이렇게 말했다. "오르막은 동지를 만나게 한다. 나를 바라보게 하고, 나를 보는 사람이 누군지 알게 한다." 난임 시절의 가장 큰 배움은 바로 이것이었다. 남편과의 결혼은 낭만적인 사랑의 결실이었지만, 이후의 관계는 사랑의 결심과 실천의 연속이었다. 더 이상 우리 사이에 자극적인 도파민 호르몬이 분비되진 않을지언정 "함께 맞는 비"로 결속되는 관계였다.

"우리가 쉽게 얘기하는 사랑은 결심과 실천입니다. 공부나 운동, 금연, 금주처럼요. 고난 속에서도 세월 속에서도 처음의 그 사랑을 지켜 낼 수 있는 사람, 그럴 수 있는 사람들이야말로 슈퍼맨이 아닐까요?"[*]

단톡방이 매일 눈물바다로 얼룩졌다면 지나친 감정 소모에 오래 지속하기 힘들었을지 모른다. 하지만 때때로 그녀들이 단톡방에 털어놓은 진심은 내 마음에 켜켜이 쌓였다. 한 시절의 나를 대변하고 옹호하던 그들의 말이.

[*]   정은임, 〈FM 영화음악 정은임입니다〉, MBC-fm4u, 2004년 4월 25일자 오프닝 멘트.

"너무 노력하고 있어서 내 자신이 사라지는 기분이야."(호이 언니)

"특기도 없고 쓸모도 없고 어쩌면 나 자신한테 자신이 없었던 것 같아. 근데 아이는 분명 좋아할 거라고 생각했어. 특기일 거라고 생각했어. 아주 쓸모 있는 일이고."(호이 언니)

"지금 그걸 극복하기엔 시간이 너무 짧다. 괜찮다고 생각 말고 우울하겠지만 솔직한 기분을 대면해야 해. 그리고 울든 화내든 원망해서라도 표출해야 더 나아질 거야."(이날 언니)

"나는 그냥 눈물 안 나올 때까지 울었어. 너무 울어서 토 나올 때까지. 이러다 내가 죽겠다 싶을 때까지. 그러고 나면 좀 괜찮더라."(뾰롱 언니)

불다방 이야기

안녕하세요, 결혼 7년 차 난임 부부 서른다섯 살 남편입니다.

저를 소개하자면 넉넉지 못한 형편에 힘든 농사를 지으며 4녀 1남을 키워 내신 강인하고 따뜻한 부모님 아래 태어나 많은 사랑을 받으며 자랐습니다. 저희 부모님이 아이를 많이 좋아하셔서 많은 자식을 낳았는데 저도 그 영향을 받아서인지 아이를 너무 좋아합니다. 아내 또한 아이를 좋아하는 터라 결혼 전부터 2남 1녀를 계획하고 결혼하였습니다.

결혼 6개월 후에도 임신이 되지 않아 난임 병원 방문, 인공수정 4회, 시험관 20회를 시도하였으나 유산만 7번을 반복하며 계속해서 실패를 거듭하였습니다. 이제 몸도 마음도 지쳤지만, 저희를 더 괴롭히는 건 넉넉지 못한 형편과 주위 사람들의 시선입니다.

아내는 아이에 집중하느라 4년 전 다니던 직장을 그만두고 그 많은 비용을 대기 위해 먹는 것, 입는 것을 최소화하고 각종 모임도 대부분 중단한 상태입니다.

사회생활을 하다 보면 주위 사람들과 많은 이야기를 나눌 때가 있습니다. 어렵고 힘들더라도 잠깐 쉬면서 아이 사진을 보고 위로하고 힘을 얻고 하는 주위 사람들을 많이 봅니다. 서로 아이의 안부를 물으며 대화하기도 합니다. 그럴 때 저는 살짝 자리를 피합니다.

저도 그들과 함께 이야기하고 싶고 어렵고 힘들 때 위로받고 힘을 받고 싶습니다. 그래서 저는 적어도 아이 한 명씩은 나라에서 가질 수 있게 지원해 주셨으면 합니다.

지금 이 글을 듣고 계시는 분 중에 아이가 있으면 공감하실 겁니다. 힘들고 지쳐도 다시 일할 수 있고 노력할 수 있게 해 주는 그 힘을 알 것입니다.

저도 저희 아이를 통해 삶의 의미를 갖고 싶습니다.

아빠가 되고 싶은 예비 아빠.*

난임 시절 나의 정신적인 베이스캠프가 된 커뮤니티의 두 축은 오픈 채팅방과 네이버 카페 '불다방(불임은 없다, 아가야 어서오렴~~)'이었다. 현실에서 같은 처지의 동지를 찾기

---

* 〈초저출산시대, 난임정책 전환을 위한 국민대토론회〉에서 발표된 익명의 편지, 국회의원 이혜훈·네이버카페 '불임은 없다. 아가야 어서오렴' 공동 주최, 2019년 3월 22일.

어려운 사람들은 온라인에서 접점을 만들어 냈다. 회원 4만 명이 넘는 불다방은 광고와 홍보성 글 하나 없이 깨끗한 편이었는데, 운영진의 세심하고 까다로운 관리 덕분이었다. 카페 대문에 걸린 '이용자 기본 규칙'은 다소 까다롭고 엄격한 편이지만, 회원이 지키지 않을 수 없는 까닭은 '등업'이 되지 않으면 사용할 수 있는 게시판이 한정적이기 때문이다. 임신 성공 후기를 비롯해 시술 정보와 후기 등 임신에 도움되는 정보를 얻기 위해서 이용자들은 운영진의 지침에 따라 성실하게 활동했다.

카페의 엄격한 규정은 오로지 난임으로 힘든 여성을 기준으로 삼았다. "여기는 첫 아이 임신이 어려워 고통받는 이들을 위한 공간입니다"라는 카페 공지 첫 문장이 운영 목적이다. 난임이더라도 각자 처한 상황은 다르다. 과배란을 해도 난소 기능 저하로 난자가 자라지 않는 공난포를 경험한 이가 있는가 하면, 채취한 난자 수는 많지만 임신이 안 되는 원인불명, 임신이 되더라도 곧 유산되고 마는 반복 유산 경험자 등 천차만별이었다. 따라서 한탄하더라도 타인의 처지를 헤아리지 못하는 하소연에는 운영진의 경고가 잇따랐다. 하루는 반복 착상 실패로 이식 때마다 임신 반응 검사 결과가 0짐이 나오는 이가 "자타티 유산이 부럽다. 착상이라도 해 봤으면 좋겠다"라는 글을 올려서 비판받았다.

한편 정보나눔 게시판에 각자 시술비용과 시술 항목을 정리해서 공유할 수 있도록 했는데, 이식받은 배아 수를 밝히려면 제목에 "배아 이식 개수 있습니다"라는 식으로 명시해야 했다. 공난포를 경험한 이에게는 다수의 배아 이식 경험을 보는 것만으로도 상처가 될 수 있기 때문이다.

운영진은 회원들의 글쓰기 매너도 섬세하게 개입했다. 글쓴이가 대댓글을 선택적으로 다는 행태 같은, 소소하게 예의 없는 행태에 대해서 경고했다("본인이 원하는 댓글에만 답댓글이 쓰여져 있다면? 혹 누군가 내 댓글만 답댓글 안 썼다면? 누군가 시간을 내 경험을 공유했다면 대댓글은 인터넷상에서 예의이자 배려일 수 있습니다"). 또한 이용자가 등급을 높이기 위해 충족해야 하는 댓글 수를 빠르게 달성하기 위한 댓글, 이를테면 "축하해요~♡"와 같은 단문 댓글에는 진심과 성의를 담아서 몇 자 이상 써 달라며 주의를 주었다. 자유게시판에는 '모 연예인이 어느 병원에서 시술받는다더라'는 식의 글도 금지했다. "우리가 난임 사실을 타인으로부터 보호받고 싶듯이 연예인도 마찬가지"라면서. 어느덧 운영진의 관리 덕분에 나 역시 커뮤니티에서 이뤄지는 배려가 훈련되고 학습됐다.

카페는 공공의 난임 지원을 늘리기 위한 전략을 수립하고 소통하는 창구이기도 했다. 2019년 3월에는 대규모의 국회 토론회를 공동 주최했다. 여기에 1,000여 명의 난임 당사자가 참여해 이목을 끌었다. 토론회 장소와 정부 관계자 섭외 등 행사의 재정적·형식적인 부분을 정당에서 전담했다면, 내용은 카페 회원들이 십시일반으로 채웠다. 행사를 주도한 카페 회원들은 인건비 한 푼 받지 않고 성공적인 행사를 위해 사활을 걸었다. 그들 중에는 이미 아이를 낳은 사람도 상당수였다. 이해관계는 없었지만, 난임을 경험했기에 연대 의식 하나로 참여한 것이다. 행사 후원금으로 100만 원을 내는 회원, 아이 둘을 낳았지만 그동안 카페에서 받은 도움에 대한 '의리'로 토론자로 나선 회원, 생후 40일 된 아기를 안고 토론회장으로 온, 혹은 만삭의 몸을 이끌고 온 회원, 토론회에 참석한 회원에게 감사하는 마음으로 입구에서 식권을, 망고를, 영양제를, 생필품을 나누는 회원, 행사장 드레스코드인 마스크를 한 아름 사서 미처 못 챙겨 온 이들에게 나눠 주는 회원…. 누구도 시키지 않았지만, 자발적으로 참여의식을 발휘한 회원들의 미담이 한동안 커뮤니티에서 돌아다녔다.

하지만 그날 무엇보다 의미 있었던 건 같은 괴로움을 경험한 사람들이 한자리에 모였다는 사실이다. 다양한 사람들이 있었고, 그들의 공통심은 '마스크'였다. 기사들의 플래시 세례를 방어하기 위해 모두 마스크를 착용했다. 우리는 이미 임신이 어려운 상태만으로도 주변인과 사회로부터 부정적인 평판 등의 상처를 받아 왔기에, 당사자 행동에 나섰다는 이유로 한 번 더 평가받고 상처받기를 거부하고자 썼다.

평소 난임 클리닉에 다니면서 나를 비롯해 대기실에 빽빽이 앉아 초조하게 차례를 기다리는 여성들이 많은 것으로 봐, 그리고 "난임 인구 23만 명"*이라는 언론 기사를 접하며 내 주변에 보이지 않을 뿐 같은 처지의 여성들이 많다는 건 알고 있었다. 하지만 그들을 온라인과 병원 안이 아닌, 한목소리를 내는 정치의 현장에서 만나니 그것만으로도 위로가 됐다. 처음 보는 사람들이지만 다가가 등을 토닥여 주고 싶은 충동을 느꼈다. 우리는 함께 눈물을 흘리기도 했다. 7년 차 난임 부부의 사연을 사회자가 대신해서 읽자, 곳곳에서 흐느끼는 소리가 들렸다. 여태 혼자서 남모르게 울던 사람들이 한날한시에 모여 함께 흘리는 눈물로 연결

---

* 건강보험심사평가원에 따르면, 난임 환자 수는 2017년 20만8,704명에서 2018년 22만9,460명, 2019년 23만802명으로 연평균 5%씩 늘어나고 있다. "매년 5%씩 증가하는 난임, 빠른 진단이 치료 가능성 높이는 길", 고려대학교의료원. 한편 2022년 기준, 난임 인구는 24만 명으로 10년간 26% 늘어났다는 분석도 있다. "늦어지는 결혼에 늘어나는 난임 치료…사회적 인프라 구축 필요", 〈중앙일보〉, 2023년 12월 4일.

됐다.

　모종의 트라우마와 고통을 경험한 피해자가 자신의 고통을 이야기함으로써 피해자에서 생존자로 정체화하듯이, 난임 당사자에게도 그런 경험이 필요했다. 사회로부터 받은 난임에 대한 상처를 공론장에서 발화함으로써 자신을 애도하는 자리가. 한 사람의 상처는 모두의 상처였다. 토론회는 어느새 넓은 의미에서 자조 모임이 됐다. 이후 지속된 제도 개선 청원의 결과, 그해 가을부터 난임 지원이 대폭 확대됐다.

　임신이 뜻대로 되지 않아 고통받는 여성들은 난임을 타자화하는 사회에서 이미 너무 많은 상처를 받았기 때문에, 어떤 면에서는 무균실에 가까운 무해한 공간이 필요했다. 적어도 불다방에서는 상처받은 당사자들이 타인을 존중하는 범위 안에서 온전히 자신의 상처를 내보일 수 있었다. 사회와 주변으로부터 이해받지 못하는 고통을 적어도 그 공간에서만큼은 최우선으로 공감받고 배려받을 수 있었다.

'대리모' 단상

일상이 난임 치료 과정에 장악되는 고달픈 나날, 하루의 일과를 난임 커뮤니티의 새로운 게시물을 확인하는 것으로 시작하곤 했다. 내가 모르는 새로운 시술 방법이 있는지 정보를 얻고, 임신에 성공한 사람들이 남기는 후기를 보며 내 생활 습관을 점검하거나, 난임으로 겪은 우울한 하소연이 담긴 글에는 공감과 위로의 댓글을 남기며 하루에도 몇 번씩 커뮤니티를 들락날락했다.

　내용 면에서 커뮤니티 운영진이 금지하는 항목은 홍보 목적의 글이었는데, 그중 난자 및 정자 공여와 대리모에 관한 사항이 있었다. 보통 '○○하면 안 된다'라는 말에 '왜 안 돼?'라고 반문하는 반골 기질이 강한 나였지만, 이 항목에 대해서는 물음표를 달지 않았다. 아마도 나와 상관없는 일처럼 여겼으리라. 실제로 IVF 기술* 없이는 대리모 산업이 존재할 수 없을 만큼 둘은 강력한 연관성을 가지는데 말이다. 난임 커뮤니티에 주요한 주의 사항으로 올라올 만큼 한국에서도 대리모 시장이 음성적으로 활개 치는 현실을 모르지 않았으나, 내 안중에는 없었다. 그 당시 나에게는 대리모가 필요할 만큼 자궁 상태가 절박하지 않다는, 몇 번만 더 시도하면 임신이 될 거라는 희망이 있었다. 그런데 만약 내 자궁 상태가 의사조차 고개를 내저을 만큼 암담했다면 어땠을까? 대리모라는 선택지를 두고 마음이나마 동했을지 모를 일이다. 대리모 문제에 무심했던 까닭은 윤리적인 판단보다 순전히 내 처지와 상황 때문이었다.

　세상에는 다양한 형태의 가족이 있다. 일면적으로 볼 때 대리모는 정상가족 이데올로기 강화에 기여할 것 같지만, 실제로는 수요가 다양해지는 추세다. 해외에서는 대리모를 통해 아이를 낳는 게이 커플이 늘어나고 있다. 몇 년 전 열린 서울퀴어축제에 국제적인 대리모 기업이 후원하자, 여

＊　흔히 '시험관 아기'라고 부르는 용어의 정식 명칭은 IVF(In Vitro Fertilization), 곧 체외수정이다. 자연임신은 여성의 자궁 안에서 난자와 정자가 결합하지만, 체외수정은 말 그대로 난자와 정자를 채취해서 몸 밖, 곧 시험관에서 인공적으로 수정하는 방법이다. '시험관 아기'는 부자연스러운 어감이 강하기 때문에 보조생식기술을 중립적으로 일컫는 '체외수정'이라는 표현을 사용할 것을 권하고 싶다. 현대의 대리모 산업은 체외수정 기술에 의존해 대리모와 배아가 유전적 연관성이 없도록 조작하는 특징이 있다. 이런 면에서 대리모 산업과 체외수정 산업은 긴밀한 연관성을 가진다.

성의 몸을 도구화하는 기업의 후원을 반대하는 여론이 생겨나기도 했다. 그 기업은 서울퀴어축제에서 게이 커플을 잠재적인 고객으로 삼았다. 대리부 역시 존재한다. 정자 공여의 방식으로 아이를 갖는 사람들은 무정자증 부부 외에도 비혼 여성, 레즈비언 커플 등이 있다. 최근 국내에서 비혼 여성 연예인과 레즈비언 커플이 정자 공여로 출산해 화제가 됐다.

현재 한국 사회에 관련 법규가 없어서 암암리에 이뤄지는 대리모는 시장 규모가 정확히 파악되지 않고 있지만 갈수록 늘어나는 추세다. 이대로라면 향후 10년 안에 대리모를 합법화하자는 주장이 수면 위로 떠오를지 모른다. 충분한 사회적 토론과 준비 없이 대리모가 합법화된다면, 사람들은 이 문제에 대해 사유할 기회를 빼앗기고 논란 많은 이 사안을 기계적으로 받아들일지도 모른다. 끔찍한 사실은 이 나라가 '저출생 해결'이 하나의 지상과제가 되면, 이를 위한 모든 방법은 여성의 몸을 출산 기계로 도구화하면서 '어쩔 도리 없다'고 여길 수 있다는 점이다. 1960년대에 산아제한 정책의 하나로 여성에게 마구잡이로 자궁 내 피임 장치를 무리하게 삽입하는 시술을 남용하고서는 부작용은 나 몰라라 한 나라 아닌가. 이처럼 사람은 자신이 속한 조건에 영향을 받는 법이라 한 사회 공동체가 정한 법적 경계선 안에서 생각하는 경향이 있다.

그런데 내가 만약 대리모는 합법이면서 난임 시술 비용은 턱없이 비싼 미국에서 태어났다면 어땠을까? 가난했다면 아이 갖기는 엄두조차 낼 수 없었을 것이다. 반대로 형편이 여유로웠다면 대리모를 고용하기 위해 적절한 자궁을 찾아 인터넷 사이트를 뒤지고 있었을지 모른다. 반대로 우크라이나에서 태어났더라면 내 자궁을 타인에게 빌려주었을지도 모른다. 몇 년 전 우크라이나로 대리모 원정 출산을 떠나는 한국인 난임 부부들 이야기가 다큐멘터리로 다뤄진 적이 있다. 한국인 브로커로부터 회당 3,000만 원 정도를 받고서 두 번 대리모 출산을 경험한 우크라이나의 대리모는 말했다. 처음 돈을 받았을 때 그 돈으로 집을 리모델링했고 이번엔 자녀를 외국 유학 보낼 예정이라며, 마지막으로 덧붙인 말이 자꾸 떠오른다. "그래서 제 자식은 이런 일 근처에도 가지 못하게 할 거예요."*

여성이 자기 몸을 자원화하는 것은 성 상품화가 됐든 대리모가 됐든, 본인 의사라면 문제없다고 순진하게 판단할 수 있을까? 자본주의와 가부장제라는 양대 체제는 빈곤한 여성과 아이를 낳을 수 없는 여성을 절대 가만두지 않는다.

* '글로벌 비즈니스, 대리모', 〈PD수첩〉, MBC, 2019년 7월 30일.

결국 위험천만한 출산을 감당하고도 제대로 된 대가를 받을 수 없는 여성과 타인의 자궁을 돈을 주고 빌려야 하는 처지에 내몰리는 여성이 생겨난다. '상업적 대리모'가 합법화된다고 해서 여성의 삶이 더 나아질 거란 확신이 들지 않는다. 가부장제가 여전한 이 사회에서 경제력 있는 난임 여성은 '왜 대리모를 쓰지 않는 거야?'라는 말을, 가난하지만 가임력 있는 여성은 '대리모로 벌 수 있는 돈이 네 연봉보다 높은데 하는 게 어때?'라는 말을 들을지도. 이른바 '황우석 사태' 당시 〈PD수첩〉이 난자 매매에 참여한 여성들을 인터뷰하기 위해 집을 찾아갔을 때, 그들의 우편함에는 각종 공과금 체납 고지서가 쌓여 있었다.

재생산에 관한 대안적인 욕구를 실현하는 데 IVF, 곧 체외수정 기술은 필수적이면서 핵심적이다. 자신과 유전적인 연결성을 위해 타인의 자궁까지 빌리는 인간의 욕망을 반영한 대리모 산업과 IVF 산업은 불가분한 관계다. 대리모 산업 반대 운동가 레나트 클라인은 이렇게 말한다. "많은 이에게 자기 아이를 갖고자 하는 깊은 열망이 있음을 잘 알고 있다. 하지만 그 모든 열망에도 불구하고 어떤 한계선은 반드시 필요하다. 우리는 그 한계를 설정해야 한다."* 난임으로 고생하던 시기에 이 문장을 접했다면 화를 냈을지 모르지만, 지금은 수용하는 태도를 보이는 나는 역시나 모순적인 인간이다. 하지만 더 늦기 전에 '아이를 갖는 합리적이고도 생산적인 방법'이라는 가면을 쓰고 어느 순간 이 사회에 등장할지 모르는 대리모 제도에 대해 성찰과 토론을 시작해야 한다.

* 레나트 클라인, 이민경 옮김, 《대리모 같은 소리》, 봄알람, 2019, 165쪽.

굿 빼고 다 해 봤지

"의정부박수무당 님이 텔레그램에 가입했습니다." 새벽 3시, 그가 텔레그램에 가입했다는 알람이 떴다. 미처 지우지 못한 번호다.

그의 번호를 받은 건 2019년 봄이었다. 시험관 시술에 연달아 실패하고, 이제는 긴 터널이 아니라 출구가 완전히 막힌 동굴에 갇힌 기분에 망연자실했다. 그러다 오픈 채팅방 언니 A의 말에 일순간 장내가 술렁였다. 그가 직장동료로부터 용한 무당을 소개받았다며, 그 무당이 올여름 안으로 언니의 임신을 장담했다는 전언이었다. 놀란 까닭은 우리가 타로를 보든, 점을 보든 점술인들은 보통 좋은 결과를 전망하지 않기 때문이다. 내가 만난 어떤 무당은 난데없이 살아 계신 외할머니의 할머니 대로부터 전해 내려오는 한(恨)을 언급하며, 삼신을 달래려면 외할머니가 계신 곳 근처의 산에서 기도를 올려야 한다고 말했다. 그런가 하면, 시술을 앞두고 혈액순환을 원활하게 하려 동네 찜질방에서 경락을 받던 중에 마사지사가 용한 점쟁이라며 전화를 바꿔 주었다. 무당은 내가 3년 안에 결코 임신에 성공하지 못할 거라며, 좀 더 빨리 임신하려면 특단의 조처가 필요하니 찾아오라고 말했다. 보통 이런 식이었다. 반복된 실패로 취약해진 사람의 마음을 이용해 앞으로도 임신을 쉽게 하지 못할 테니 굿을 하자는 레퍼토리. 그런데 점술인이 당장 다음 계절에 임신한다는 호언장담을?

"의정부는 산이 많아서 음기가 많은 동네야. 그래서 용한 무당들이 많대. 그중에서도 이분은 신내림 받은 지 얼마 안된 박수무당이라니까, 뭔가 진짜일 거 같아." 과연, 갓 신내림 받은 무당은 뭔가 다른가?! 채팅방에 의정부박수무당의 연락처가 공유됐다. 우리는 곧바로 저장했고 나도 모르게 여름이 기다려졌다. 정확히 말하자면 그 언니의 임신 소식이. 그해 여름 A 언니는 보란 듯이 임신에 성공해 '방탈' 했고, 나는 그동안 새롭게 다니기 시작한 병원에서 이식 후 피검사 결과 0점을 받으며 익숙한 실패를 거듭했다.

의정부박수무당에게 곧바로 전화를 걸었다. 하지만 그사이 그의 인지도가 급상승했는지 가장 빨리 예약할 수 있는 날짜가 아홉 달 뒤였다. 지난 계절의 오만한 나를 자책했다. 당연히 이번 차수에 성공할 줄 알고 신속히 예약 절차를 밟지 않았건만. 그렇다고 아홉 달 뒤로 예약하자니 왠지 그쯤은 임신 N개월일 것만 같아서 '태중에 무당을 만날 순 없잖아?'라는, 또다시 근거 없는 자신감이 스멀스멀 떠오르며 예약을 포기했다. 하지만 1년 후까지도 성공하지 못했고, 정확히 그로부터 1년 6개월 뒤에 비로소 안정적인 임신 상태에 돌입했다.

문득 궁금해진다. 그해 여름, 내가 오만에 빠지지 않고 의정부박수무당에게 바로 갔다면 임신은 더 빨라졌을까?

시험관 시술은 건강에 해로울까

우리는 어떤 특정한 상태를 폄하할 때 흔히 〈질병illness〉이라는 단어를 사용하고, 똑같은 상태지만 인정하는 마음이 있을 때는 〈정체성identity〉이라는 단어를 사용한다.[*]

얼마 전 동네의 공공 아이 돌봄 공간에 비치된 임신 출산 정보 책자를 읽다가 눈이 휘둥그레졌다. '신선이식 9회, 동결이식 7회, 인공수정 5회(2023년 기준).' 정부가 지원하는 난임 시술이 어느새 대폭 늘어나 있었다. 내가 마지막으로 시술받은 2019년 상반기까지 신선이식 4회, 동결이식 3회, 인공수정 3회 지원이었으니 사실상 두 배 가까이 지원 횟수가 늘어난 셈이다. 내가 여전히 난임 시술을 받는 중이었다면 이 소식에 안도하며 한술 더 떠서 '무제한 지원!'을 외쳤

[*]   앤드류 솔로몬, 고기탁 옮김, 《부모와 다른 아이들 1》, 열린책들, 2015, 25쪽.

을지도 모르겠다. 하지만 상황은 달라졌고, 마음은 약은 나머지 어느새 납세자의 입장이 됐는지 '이건 좀, 너무 많은 것 아닌가?' 의문을 표하는 나를 자각하고는 한 번 더 놀랐다.

난임 시술 지원 확대에 대해 사람들은 저마다 다른 태도를 보였다. 특히 당사자와 당사자가 아닌 사람 간의 온도 차는 컸다. 난임 당사자들은 물론 환영! 하지만 초기에 '44세 이하'로 제한한 규정에 반발이 거센 나머지 44세 이상에 대해서는 자부담 비율을 상향 조정하는 방식으로 완화됐다. 여성단체는 우려의 입장을 표했다. 무분별하게 진행되는 난임 시술이 여성의 건강권을 침해할지 모른다는 걱정. 그 밖의 인터넷 여론은 대체로 '그러니까 왜 결혼을 늦게 하고 난리냐!'며 주로 여성에게 난임의 책임을 전가했다.

인공수정과 체외수정을 포함한 보조생식기술은 현대인에게 '불임은 없다'는 희망을 주었지만, 눈부시게 발달하는 의학 기술의 이미지와 다르게 성공률은 턱없이 낮다. 물론 운이 좋은(?) 사람은 단 한 번의 시술로 임신에 성공하지만, 불행히도 그렇지 않은 경우가 더 많다. 30대 여성이 시험관 시술로 임신하는 평균 횟수가 7회라는 통계가 이 시술의 낮은 성공률을 말해 준다. 나는 이 통계에 부합하는 사례로서 신선주기 4회, 동결이식 4회, 총 8회 만에 임신·출산했다. 3년 걸렸다. 암울한 진실은 나 정도면 운이 좋은 편에 속한다는 것이다. 10회가 넘어서야 겨우 임신하는 경우가 있는가 하면, 끝내 원하는 바를 이루지 못하고 포기하는 경우 역시 많다.

결국 의료기술은 그 무엇도 보장하지 않는다. 의사든 환자든 이렇게 생각하기 일쑤다. 성공하면 기술 덕분, 실패하면 난자가 노화한 탓이라고. 40대 여성이 체외수정으로 임신할 확률은 5%, 출산까지 성사할 확률은 2% 미만으로 떨어진다. 그래서 당사자들은 어떻게 하냐고? 포기 대신 횟수로 밀어붙인다. 낮은 성공률을 극복하는 유일한 방법은 확률을 높이기 위한 많은 시도뿐이다. 설상가상으로 새로운 치료법이 끊임없이 생겨나므로 그 방법을 쓰기 전의 포기는 미련이 남을 수밖에 없다. 어느 순간 임신보다 어려운 건 아이 갖기를 단념하는 마음이다. '다음번엔 될지도 몰라' 이렇게 생각하며. 그 과정에서 감당하기 어려운 경제적 문제에 봉착하고, 호르몬제 과용으로 건강이 소진되며, 끝내 멘탈이 붕괴된다. 결국 남는 건 어떤 대가를 치러서라도 임신하고야 말겠다며 모든 것을 탕진하고 기어이 자아존중감까지 파괴하는 여자. 이건 당사자 자신에 관한 생각이기도, 그런 당사자를 바라보는 세상의 시선이기도 하나.

황우석 사태 당시 MBC 〈PD수첩〉에서 보도한 난자 매매

실태에 따르면, 그들의 가장 큰 과실은 난자 공여에 참여한 여성들에게 부작용에 대한 고지를 제대로 하지 않았다는 점이다. 당시 황우석은 121명의 여성으로부터 2,000여 개 이상의 난자를 구한 것으로 알려졌다. 평균적으로 한 명당 16개 이상이다. 그 당시 외신이 놀라워한 사실은 줄기세포 연구 성과보다 '어떻게 그렇게 많은 난자를 모을 수 있는가?'였다. 난자 모으기는 그만큼 위험부담이 따르므로 선뜻 과배란에 참여하는 여성이 생겨나기 어렵기 때문이다. 그렇다면 방법은 무엇이었을까? 속임수다. 큰 위험성은 없으며 대체로 안전하다는 속임수. 당시 〈PD수첩〉에서 난자 채취에 참여한 여성들은 각종 부작용을 호소하며 후회했다. 황우석 일당은 여성들에게 과배란 시술이 끼칠지 모르는 부작용을 제대로 알리지 않았다. 하지만 더 놀라운 사실은 그 뒤로 20년이 지난 지금도 시험관 시술을 받기 위해 과배란에 '자발적으로' 참여하는 여성들 역시 부작용에 대한 고지를 제대로 안내받지 못하고 있다는 점이다. 여성 121명의 건강권을 희생시킨 황우석 사태로부터 이 사회가 학습한 것은 아무것도 없다.

　과배란제의 안전성은 여전히 검증되지 않았다. 현재 과배란제가 난소암 발병 비율을 23배 높이고 사망 사례까지 있다는 보고가 나왔다. 그러나 위험성에 대한 역학조사 등

정밀한 연구는 여전히 국내에서도, 전 세계적으로도 찾아보기 어렵다. 어째서 여성 건강권을 위해 가장 필요한 연구는 없을까? 그런 연구는 돈이 되지 않으면서, 자칫 보조 생식 산업을 위축시킬 수 있기 때문이리라. 따라서 국가라는 공공이 투자하는 건 출생률을 높이기 위한 난임 시술비용이지 여성의 건강권이 아니다. 그럼에도 보조생식기술은 유행처럼 번지는 난자 냉동과 대리모 산업에 합세해서 나날이 상업화하고 있다. 그러니 풍문만이 떠돈다. 시험관 시술을 하면 암에 걸린다거나, 그 과정으로 태어난 아이 역시 장애를 얻을 확률이 높다는 '카더라' 통신의 말들. 이는 자연히 시험관 시술에 대한 오명과 편견을 부추긴다.

난임은 질병인가? 난임에 질병 코드를 부여하는 건 정당할까? 과연 많은 난임 여성이 '재생산'이라는 생식능력을 떠나서는 건강했지만, 안전성이 검증되지 않은 시술 과정에서, 과도한 호르몬제를 투여하는 과정에서 오히려 건강을 잃는 모습을 어떻게 해석해야 할까? 의학 기술이 여성 건강권을 높이는 방향으로는 발전되지 않았다는 불편한 진실을 어떻게 받아들여야 할까? 오랫동안 월경통으로 고생한 여성들이 항상 들어야 했던 말은 '원래 아픈 것'이었지만, 월경통의 주된 원인인 자궁내막증이 난임을 일으킨다는 연구 결과에 따라 최근 들어서야 치료법이 조금씩 개발

되는 현상은 지나치게 아이러니하다.

난임에 대한 또 다른 편견은 난임조차 유전될 것이라는 생각이다. 1978년 세계 최초로 체외수정 시술로 태어난 루이스 브라운이 결혼해서 자연임신으로 아기를 낳았는데 기사화됐다. 체외수정으로 태어난 아이는 생식력조차 유전돼서 난임일 거라고 치부한 걸까? 마찬가지로 한국에서 최초(1985년)로 체외수정으로 태어난 남매 쌍둥이 중 여성이 2019년에 자연임신으로 출산했는데, 그것 역시 기사화됐다. 그렇다면 내 어머니는 자식을 넷이나 자연임신으로 낳았는데, 그 풍부한 생식력을 물려받지 못한 나는 어떻게 설명해야 할까? 돌연변이일까?

2020년 난임 관련 토론회에서 한 여성단체는 사회에 묵직한 화두를 던졌다. "국가가 실질적으로 지원하는 것은 과연 당사자들의 삶인가, 의료산업인가? 혹은 오직 출생률의 제고인가?"[*] 나 역시 옆이 보이지 않는 경주마처럼 쉼없이 난임 시술을 받았다. 국가가 출생률 제고를 위해 여성의 건강권을 볼모로 잡는다는 사실을 그때도 모르지 않았

<hr />

[*] 노새, 〈'위기' 담론 속에서 '위기'에 처한 여성의 권리 찾기: 난임 부부 지원사업에 대한 비판적 검토를 중심으로〉, '난임에 대한 다른 상상 —무엇이 위기인가' 한국여성민우회 주최 토론회(2019.10.30.) 자료집, 36쪽.

다. 다만 이해관계가 맞아서 침묵했다. 나에게 절박한 문제는 장차 난소암에 걸릴지 모른다는 우려보다 내 아이를 갖고 싶다는 열망이었으니까. 나는 의사로부터 고지받지 않은 부작용에 대한 정보를 찾아본 끝에 난소암 발병 위험성을 각오하면서 과배란에 임했다. 난임 여성은 아이를 갖겠다는 열망으로 자신의 건강을 착취하는 굴레에 빠지기 쉬운 법이다.

하지만 지나고 보니 나에게 과연 포기할 기회가 있었는지 의문이 든다. "엄마가 되고 싶지 않은 여자, 엄마가 될 수 없는 여자'를 바라보는 사회의 시선"[**]을 숙고해 보라. 가족 중심 사회에서 아이 없는 삶을 선택한 부부는 주변의 걱정거리이자 패배자로 취급받는다. 그러니까 결국 지금-여기는, 시험관 부추기는 사회 아닌가.

[**]   헴마 카노바스 사우, 유혜경 옮김, 《엄마라는 직업》, 이마, 2016, 33쪽

95

타자화된 난임

그런 이름으로 불린 사람들은 누구였을까? 도대체 누가 이들을 그런 이름으로 불러야 한다고 결정했을까? 사회가 공유하고 있는 가정들은 누가 내부에 속하고, 누가 외부에 있어야 하는지 결정한다.[*]

지금은 폭넓게 자리 잡은 용어 '난임'은 공공연하게 '불임'이라는 멸칭으로 불린 당사자들이 오랜 기간 싸운 결과다. 국내 유일의 난임 당사자 단체 (사)한국난임가족연합회는 2005년부터 불임 대신 난임을 사용할 것을 주장하는 캠페인을 벌였다. 이 단체는 "불임이란 용어가 아기를 낳지 못하는 여성의 죄책감과 열등감을 부추기고 사회의 부정적 편견을 조장"한다며, "적절한 치료를 통해 극복할 수 있는

[*] 사이먼 재럿, 최이현 옮김, 《백치라 불린 사람들》, 생각이음, 2022, 7쪽.

의미의 난임으로 대체하라"라고 주장했다. 그 뒤 2011년 국립국어원 표준국어대사전에 '난임'이 등재됐으며, 이듬해 2012년 모자보건법과 생명윤리법에 불임을 난임으로 바꾸는 성과를 끌어냈다.

그 결과 불임은 결코 어떤 상태를 설명하는 중립적인 용어가 아닌, 낙인과 편견을 조장하는 차별적인 언어라는 인식이 생겨나는 데 기여했다. 물론 보조생식기술의 발달 차원에서도 불임은 난임으로 수정될 필요가 있었다. 난임은 "임신이 잘되지 않는 상태 혹은 임신을 방해하는 요소를 치료 및 시술을 통해 얼마든지 임신이 가능하다는 뜻을 내포하고 있는 상태"로서, 1978년 세계 최초로 체외수정에 성공한 이래 의학 기술의 발달에 의존하고 있었다. 난임이 지닌 희망적인 요소는 전적으로 기술 유토피아에 근거한다.

2010년대 후반까지 불임은 불완전한 상태를 일컫는 비하적 의미로 사용됐다. 특히 남성 중심의 정치권에서 비하의 기표로 호명됐는데, 정치판에서 상대 정당을 깎아내리며 쓴 '불임 정당'이라는 멸칭이 한때 유행처럼 회자했다. 이들은 불임을 '욕'으로서 호명했는데, 한국 사회가 불임 상태에 처한 사람을 어떻게 대하는지 극명히 보여 주는 말이기도 했다. 후보를 배출하지 못하는 무능력한 상태의 정당을 비유하는 말로 불임이 호출됐다면, 불임 상태의 사람 역시 오로지 생식능력이라는 단일한 잣대에 따라 무능력하고 불완전한 존재로 환원되는 인식에 기반할 테니까.

이제 불임은 잘 사용하지 않는 말이 됐다. 하지만 대체 언어에도 한계는 존재한다. 당사자 단체는 앞서 불임이 아기를 낳지 못하는 여성의 죄책감과 열등감을 부추기고 사회의 부정적 편견을 조장한다고 밝혔다. 하지만 과연 난임은 그렇지 않은지 의문이다. 불임과 비슷한 맥락으로 호명되고 있지는 않은지 난임이 가진 프레임을 떠올려 보면 명확해진다. 생식력을 기준으로, 임신이 가능한 인간을 전제조건으로 한 존재를 규정하는 용어이기에.

장애인이 아닌 사람을 '비장애인'으로 호명하기까지 무수히 많은 당사자의 문제 제기와 질문의 과정이 있었다. 우리 안의 정상성에 대한 전제에 관해. 마찬가지로 임신이 불가능한 사람을 칭하는 말은 있지만(난임, 불임, 씨 없는 수박, 고자) 임신이 가능한 사람을 가리키는 언어는 따로 없다는 점에서, 난임은 불임에서 한 발짝 나아가지 못한 인식이다. 임신이 가능한 인간을 정상성의 범주에 두고 임신이 불가능한 인간을 비정상으로 분류하는 인식 체계. 임신은 지극히 우연적이며 선택의 문제여야 하지만, 이러한 모욕적인 인식 체계 안에서 우리는 여성을, 인간을 '출산 기계'로, 도구로 대할 확률이 높아진다.

불임이 난임으로 수정되는 동안, 그리고 난임 당사자에 대한 선별적 지원이 건강보험급여화로 확대되는 동안 우리 사회가 공유하는 가정은 얼마나 달라졌을까? 즉 '아이 있는 삶'은 내부에 속하고 '아이 없는 삶'은 정상성의 외부에 자리하는 통념 말이다. 난임 당사자에 대한 지원이 전폭적으로 확대된 배경에는 당사자의 고통에 귀 기울인 결과라기보다는 출생률을 제고하기 위한 이해관계에 기반한다는 점을 알고 있다.

　물론 이제 과거처럼 '아이 없는 삶'을 선택한 여성에게 거침없이 철퇴를 내리는 사회는 아니다. 하지만 여전히 좋은 삶과 열등한 삶을 나누는 기준으로 '아이 있는 삶'이라는 정상가족 이데올로기가 빠지지 않는다는 점에서 여전히 답답함을 느낀다.

난자 냉동 권하는 사회

성공률이 낮고, 몇 년이 걸릴지 모르며, 지극히 인위적인 시험관 시술은 누군가에게 권할 수 있는 차원의 선택지가 아닌데도 사람들은 너무나 쉽게 입에 올린다. 심지어 본인이 해 본 것도 아니면서 권한다. 아이 없는 부부는 주변으로부터 걱정거리로 여겨지고 '시험관 해야 하지 않아?'라는, 이대로는 미완성이고 불완전한 관계라는 전제가 깔린 듯한 질문을 듣는다. 자기관리를 강조하는 사회에서 난임 역시 개인의 책임이자 개인이 극복해야 할 과제로 여긴다. 개인이 좀 더 신경 쓰고 노력하면 예방하거나 해결할 수 있는 사안이라는 듯이.

구글과 페이스북 등 미국과 일본의 대기업은 사원복지의 하나로 미혼 여성 직원의 난자 냉동을 지원한 지 오래다. 이러한 세태를 반영해 지난 2014년 4월, 미국 잡지 〈블룸버그 비즈니스위크〉의 메인 기사 제목은 "난자를 냉동 보관하세요, 당신의 커리어를 구하세요(Freeze your eggs, Free your career)"이다. 난자를 냉동시킨 후 일에 매진하라는 이 주문은 상품화된 의료시장과 대기업의 이해관계가 얽힌, 가부장제와 신자유주의가 결합한 세뇌에 가깝다. 과연 난자를 얼려 두면, 내가 원할 때 언제든 엄마가 될 수 있을까? 유감스럽게도 체외수정 기술이 등장한 지 40여 년이 지났지만, 여전히 성공률은 형편없는 수준이다. 그런데도 여성들은 유행처럼 번지는 분위기 속에서 중장기적으로 자기 건강을 해칠지도 모르고 비용을 소진하는 도박을 감행한다. 과연 여성이 난자를 얼리는 것이 결과적으로 자신에게 이득이 될까?

한국에서도 늦은 결혼으로 인한 난임을 예방하고자 미혼 여성의 난자 냉동 시술을 지원하자는 목소리가 나오고 있다. 서울시는 2023년부터 미혼 여성까지 포함해 난자 동결 시술비를 50% 지원한다고 나섰다. 36세 이후 여성의 난소가 급격히 노화한다고 알려지면서, 가임력을 보존하기 위한 수단으로 한 여성 연예인이 난자 냉동 경험담을 방송에서 입에 올리며 화제가 됐다. 얼마 전 만난 후배 역시 난자 냉동에 관심 있다고 말했다. 멀게만 느껴지던 이슈를 가까운 지인한테 들으며 문득 그런 생각이 들었다. 정부에서 미혼 여성에게 난자 냉동을 지원하기 시작한다면 몇 년 후에는 난자 냉동을 하지 않은, 40대에 결혼해 난임을 경험하는 여성에게 사회는 너무 쉽게 이런 질책을 던질지 모른다고.

"그러니까 왜 난자 냉동 안 했어?"

앞서 말한 여성 연예인의 사례 역시 나이 서른여섯에 난자를 냉동했는데, 결혼한 후에 쓰려고 보니 해동 과정에서 모두 죽어 버렸다고 한다. 그래서 그는 "꿀팁"이라며 덧붙여 조언했다. "난자 냉동은 30대 초반에 하라." 당장 서울시가 앞장서서 미혼 여성의 난자 냉동 자부담을 50% 지원한다고 나섰으니, 앞으로 30대 초반 여성의 자기관리 매뉴얼로 결혼정보지와 여성지에서 난자 냉동이 소개될지 모른다. 이미 미국에서는 미혼 여성의 난자 냉동이 유행처럼 번지며, 자국 내 비용이 많이 든다는 이유로 스페인과 체코 등 국외 난자 냉동 의료관광 상품이 주목받고 있다. 한 국제 데이터 업체는 난자 냉동과 대리모 등을 포함한 세계 생식 관광이 향후 7년간 30% 이상 급성장할 것으로 예측했다.

모든 문제를 개인이 감당해야 할 책임으로 돌리는 사회이니 충분히 가능한 이야기다. 이로써 난임이 기술적으로 극복 가능한 것처럼 보일지언정 난임의 책임을 개인에게 씌우는 분위기는 달라지지 않을 것이다. 임신이 어려운 여성을 '칠거지악' 중 하나의 죄를 저지른 것으로 규정하고

'씨받이'라는 유례없는 문화를 만들어 낸 이 나라는 여전히, 여성이 임신이 되지 않는 상태를 체외수정이라는 보조생식 기술의 발전을 이용해 어떻게든 돌파하려는 중이다.

더군다나 안전성이 검증되지 않은 상황에서 국가가 미혼 여성의 난자 냉동을 부추기는 건 결국 여성을 '출산 기계'로 보는 시선이다. 난임 여성을 비난하는 논리는 이미 차고 넘치도록 많지만, 여기에 앞으로는 젊었을 때 미리 난자를 얼려 두지 않은 탓까지 추가될지도.

난임에 대한 사회의 혐오적인 시선은 그때도 틀렸고 지금도 틀렸다. 달라진 건 기술력뿐이고 인식은 먼 과거에 머물러 있다. '여성은 엄마'라는 도식은 여전히 유효하며, 여기서 어긋나는 난임 여성은 여전히 교정과 극복의 대상이다. 그 과정에서 여성은 사회의 부정적 시선을 내면화하고 스스로 낙인화하며, 생식력 없는 자기 자궁을 부끄럽다고 여긴다. 이른바 난임 여성에 대한 낙인과 오명의 역사가 깊은 이곳에서 과연 여성이 '자궁'을 떠나 자기 몸을 있는 그대로 존중하고 자긍심을 가질 수 있는 때가 올까.

난임 클리닉 의사들

난임 치료에서 병원과 의사 선택은 중대한 사안이다. 치료 과정에서 환자의 나이와 난소 상태는 노력으로 달라질 수 있는 여지가 제한적이다. 그나마 병원과 의사의 실력은 당사자가 통제할 수 있는 요소다. 따라서 난임 당사자들은 각종 커뮤니티와 정보통 지인들의 정보를 취합하며 심사숙고해서 병원과 의사를 고른다.

마찬가지로 의사 역시 환자를 가린다. 이른바 '생식학적 환갑'으로 규정되는 40대 환자보다는 난자예비력이 양호할 것으로 예상되는 30대 환자를 선호한다. 또한 이 병원 저 병원에서 각종 시술 이력이 화려한 나머지 '반($\mp$)의사'가 돼, 최신 시술 정보에 민감하고 더러는 선제적으로 새로운 시술 방식을 요청하는 고차수 환자보다는 어리숙한 저차수 환자를 선호한다. 가능성 없어 보이는 환자가 포기를 모르고 계속 시도하면 의사 역시 부담이 되는지 넌지시 돌려 말하며 포기를 권하기도. "가족 중에 난자 공여나 대리모 해 줄 사람 없어요?"

내가 만난 난임 클리닉 의사는 네 명. 그중에 최악과 최고의 의사가 있다. 최악의 의사는 내 자궁을 '돈벌이 수단'으로만 보는 것이 분명했다. 물론 그가 나를 돈벌이 수단으로 보든 말든 안정적인 임신에 기여했다면 아무럼 감사했을지도 모른다. 하지만 그는 실력과 최소한의 존중 모두 없었다. 반면 최고의 의사는 나의 삼신할미가 된 사람이다. 환자인 나를 대하는 태도 역시 거쳐 온 의사 중 가장 정중했다.

첫 번째 병원에서 의사는 나의 난자 상태를 확인하며 감탄했다. 의사는 첫 시도에 될 것이라고 장담했지만, 나는 어쩐지 불안했다. 의사는 신선주기에서 채취한 서른 개에 가까운 난자로 만든 스무 개 이상의 배아를 몽땅 3일 배양으로 동결시키는 우를 범했다. 체외수정에서 일반적으로 3일 배양보다는 4일 배양이, 4일 배양보다는 5일 포배기 상태의 배아가 착상률이 높다는 것은 '국룰'을 넘어 '세계룰'이다. 법정 배아 이식 개수를 3일 배양은 2~3개, 5일 배양은 1~2개로 제한한 까닭도 여기에 있다.[*] 그런데 담당의는 나

[*]   통상적으로 배아 이식 개수가 많을수록 임신 확률이 높아진다. 2개 이상의 배아 이식은 모두 착상하면 다태아 임신을 유발할 수 있어 주의

와 상의도 없이 모든 수정란을 3일 배양으로 모조리 얼렸다. 그 뒤 동결주기에서 나는 두 번 모두 0점대를 기록했다. 실패 원인이 3일 배양에 있는 건 아닐지 모르지만, 성공 가능성이 반감됐을지도 모른다는 생각에 분노한 나는 세 번째 시술에서 의사에게 요구했다. 남은 배아를 전부 해동해서 다시 5일 배양 포배기 상태로 키워서 이식해 달라고. 의사는 해동한 수정란은 죽을 수 있다고 경고했지만 아무렴 상관없다고 생각했다. '해동해서 살아남지 못할 배아라면 내 자궁에 착상도 어렵겠지.' 냉동 부자가 된 나는 과감해지기로 했다. 내가 던진 패는 적중했지만, 안타깝게도 그 회차는 유산으로 종결됐다.

내가 만난 최악의 의사는 두 번째 의사다. 오픈 채팅방에서 들은 '특급정보'로 다른 지역의 용하다는 병원 정보를 얻었다. 우리 부부는 희망을 안고 왕복 네 시간 거리의 병원을 찾았지만, 그는 우리의 간절한 마음을 이용했다. 첫 이식 후 임신 테스트기는 미약하게나마 양성, 두 줄을 보이긴 했으나 현저히 낮은 임신 수치 때문에 화학적 유산, 혹은

해야 한다. 현재 한국에서는 여성의 나이에 따라 배아 이식 개수를 제한한다. 35세 미만 여성은 3일 배양 2개, 5일 배양 1개를 이식할 수 있으며, 35세 이상 여성은 3일 배양 3개, 5일 배양 2개까지 가능하다. 연령이 낮을수록 착상률이 높아지기 때문이다.

자궁 외 임신이 의심되는 상황이었다. 정상 임신이 아닌 것이 분명했지만, 병원에서는 임신확인서와 산모수첩을 발급해 주었다.

한편 병원 홈페이지 공지 사항에는 매달 임신에 성공한 환자들의 숫자가 업데이트됐는데, 나 역시 그 명단에 포함됐다. '축하합니다! 이○은 님, (…) 총 5명입니다!' 의사는 임신 바우처가 발급됐으니 산전 검사를 하자며 서둘렀다. 임신 바우처로 60만 원이 지급됐고, 산전 검사 비용은 22만 원이었다. 진료실 의자에 앉아 있는 내가 미처 대답하기도 전에 자궁경부의 세포를 떼던 그 의사. 더 분노스러운 건 약물 배출을 하려고 찾아간 다음 진료에서 유산 판정을 내리는 대신 또다시 산전 검사를 시도하려 했다. 그는 내 자궁을 돈으로 보았다. 전적으로.

나는 심지어 그 병원의 실적에 무려 두 번 기여했다. '이○은'이라는, 가운데만 감춘 이름으로 이번 달 임신에 성공한 사람의 명단에 올랐다. 같은 사람이 격월로 두 번 정상 임신할 수는 없는 법이다. 두 번째 비정상 임신 때 간호사는 머뭇거리며 산모수첩을 건넸다. "안 받을게요." 나는 수령을 거절했고 간호사는 당황한 기색이 역력했다. 의사에게 사과받고 싶었지만, 나에게 미안해하는 사람은 정작 그 양심 없는 의사 밑에서 일하는 노동자였다.

그 병원은 남편의 정액을 채취하는 과정에서도 최악의 시스템을 보여 줬다. 남성에게 난임의 원인이 결정적으로 있지 않고서야 체외수정 시술 중에 남성의 역할은 간단하다. 여성의 몸에서 난자를 채취하는 그 시각에 정액 채취실에서 어느 정도의 정액을 담아 간호사에게 제출하면 끝이다. 그 병원은 남성에게도 친절하지 않았는데, 바로 정액 채취실의 의자가 등받이 없는 원형 의자였다. 푹신한 소파까지는 바라지 않더라도 최소한 허리를 감싸는 의자를 바라는 건 욕심이 아니지 않은가. 최근 리모델링을 끝내 시설 면에서 현대적인 인테리어로 외관을 뽐내는 병원은 결정적인 부분에서 무심했다. 남편은 한 평 남짓한 공간에서 취향에 맞지 않은 포르노를 보며, 가뜩이나 두 시간 남짓을 운전해서 피곤하고 허리 아픈 와중에 등받이조차 없는 의자에 앉아 외롭고 고독한 몸부림(!)을 해야 했다. 그리고 덧붙인 그의 말에 경악.

"심지어…정액 담는 통이…종이컵이었어. 심지어 우리 이름이 프린트된 스티커 용지도 아니고 네임펜으로 적혀 있어서 혹시나 다른 사람 것과 바뀌진 않을까 걱정이 됐어…."

그 병원에서 쌍둥이와 삼둥이를 임신한 오픈 채팅방 동지들에게는 최고의 병원이었지만, 우리에게는 겉보기에만 번지르르한 최악의 병원이었다. 이후 거듭된 시술과 실패에 독이 오를 대로 오르고 온갖 정보를 섭렵해 반의사가 된 나는 병원과 의사를 고르는 기준이 달라졌다. 환자의 의견에 귀 기울이지 않는 의사를 거르기 시작했다.

다음으로 찾아간 대형 병원 원장은 초음파를 보기도 전에 나의 난소 나이 정보만으로 이미 자신만만했다. 0점 수치와 유산을 반복했다고 강조하고, 그래서 이전과 다른 시술 방식으로 도전하고 싶다고 요청했건만 월경 3일 차에 내가 받아 온 과배란 주사는 예전과 똑같은 기능과 같은 용량의 호르몬 제제였다. 실망한 나는 간호사에게 조심스레 상담을 요청했다. "선생님께 이번에 저자극 요법 도전해 보고 싶다고 말씀드렸는데, 약 처방이 잘못된 것 같아요. 환불과 재진료 요청할게요." 하지만 내가 이미 잡힌 물고기로 보였는지 간호사는 전과 달리 단호한 태도로 말했다. "이미 처방된 약은 환불이 안 되세요." 그런 법이 어디 있나. 지치고 화난 나는 이미 처방받은 주사 비용이 아까웠지만 홧김에 병원을 바꾸기로 했다. "그럼 저도 다른 병원 알아봐야겠네요." 돌연 단호한 내 말에 간호사는 황급히 태도를 바꿨지만, 나는 정중히 전화를 끊었다. 그 뒤 병원으로부터 몇 차례 부재중 전화가 남겨졌다.

마지막으로, 나의 삼신할미가 된 의사는 초기진료부터

시술 방법에 대한 내 의견을 상세하게 물었고 상담 역시 길었다. 전액 본인부담금으로 이용해야 하는, 필수적이진 않지만 착상률을 높인다는 비급여 수액을 비롯해 내가 요청하는 족족 무리가 가지 않는 선에서 받아 주는 친절한 의사였다. 물론 환자한테 더 중요한 건 태도보다 실력이자 결과지만, 덕분에 마음 편히 시술에 임할 수 있었다. 좋은 결과는 마음을 편하게 해 주는 태도가 상당한 지분을 차지한 듯하다.

아기 은호의 배아 시절, 그러니까 이식 직전에 의사 선생님이 보여 준, 교과서에 나올 법한 부화 직전 포배기 상태의 동그란 배아 모습은 여전히 눈에 선하다. 은호는 지금도 그렇지만 배아 시절에도 예뻤다. 체외수정의 유일한 장점은 내 새끼를 배아 단계부터 눈으로 확인할 수 있다는 점이다. 의사도 인정한 은호의 수정란 시절 미모. "여기 보이시죠? 상태가 아주 좋은 예쁜 배아예요. 이제 들어갑니다."

PGS, PGT, 난소 PRP* 등 난임과 관련한 치료 기술은 계속해서 발전하고 치료법 역시 다양해진다. 역설적으로 난

---

*   PGS, PGT는 착상 전 유전자 검사, 난소 PRP는 자가 혈소판 주입술이다. 모두 착상에 도움이 된다고 알려진 시술이지만 비급여 시술이라 비용이 상당하다. 뚜렷한 이유 없이 반복적으로 유산하거나 착상에 실패하는 경우 시도해 볼 수 있다.

임 당사자는 새로이 생겨나는 다양한 시술 방법을 모두 시도해 보기 전에 아이 갖기를 포기하는 것이 쉽지 않다. 또한 인터넷 커뮤니티 속 시술 방법에 따른 성공 후기 정보의 홍수에 떠밀려, 나도 이번에 이 방식을 시도하면 될지도 모른다는 미련에 시달린다. 그래서 난임 환자들은 고가의 시술이 부담되더라도, 길게 봐서 빠른 성공이 비용 면에서 이득이기에 의사에게 적극적인 시술을 요청한다.

하지만 당사자의 간절함에 비해 의사들은 대체로 무례하다. 모욕적이고 인신공격적 언설은 환자에게 비수가 돼 인터넷 커뮤니티와 오픈 채팅방에 상처뿐인 후기로 들려오곤 한다. 내가 귀동냥한 최악의 막말은 바로 이것.

"할머니가 와서 임신시켜 달라고 하면 어떡해요?"

"내 동생이었으면 진작 관두라고 했을 거예요."

이 말을 들은 사람 중 내가 아는 한 사람은 곧바로 손을 바꿔 1년 뒤 다른 병원에서 임신했다. 해피엔딩으로 끝나서 다행이지만, 의사의 조심스럽지 못한 태도에 얼마나 억장이 무너졌을지 가늠하기 어렵다.

난임 클리닉 의사들에게 바라는 건 단 하나다. 시술 실패의 원인을 환자에게 돌릴 수는 있겠지만, 자신의 맞은편에 앉은 심상한 사람이 그 사리에 오기까지 느꼈을 소외감을 헤아리고 어렵사리 용기 내어 자리했음을 알아주기를. 그렇게 해 준다면 비록 시술에 실패하더라도 과정을 떠올리며 한 가지 남겨 가는 것이 있을지도 모른다. 나의 임신을 위해 애쓰며 마음으로 함께한 의료진이 있다는 고마움을.

벌칙 같은 설거지

난임 시절, 나에게 아이를 낳으라고 부담 주는 사람은 없었다. 그나마 결혼 2년 차부터 시어른들의 압박이 조금씩 시작됐다. 우리 부부는 난임 시술 받는다는 사실을 숨긴 터라 어른들은 우리를 딩크족으로 오해하거나, "동민이는 아이를 좋아하는데…"라며 날 빤히 바라보는 정도의 눈치를 주었다. 나 역시 안타까운 처지보다는 아이를 싫어하는 사람으로 취급받는 편이 나았다.

처음 도전한 체외수정 시술을 연달아 세 번 실패한 직후 시가 행사가 다가왔다. 황망했다. 내심 '짠' 하고 좋은 소식을 전하고 싶었지만, 이번에도 여전히 2세 생산에 관심 없는 며느리 포지션을 유지하게 된 것이다. 그런데 그 자리에서 들은 건 아뿔싸, 남편 형의 배우자가 둘째를 임신했다는 소식이었다. 문득 '도둑 피하려다 깡보 만났나'(?)라는 말이 떠오르며, 주변 사람들의 임신 소식에 진심 어리게 축하하지 못하는 자괴감이 밀려왔다.

그날의 행사가 끝난 뒤 나는 여느 때처럼 고무장갑을 끼고 뒷정리를 시작했다. 친절하고 사려 깊은 형님은 자신이 하겠노라 한사코 말렸지만, 타인의 살림집에서 그나마 자신 있게 할 수 있는 역할은 설거지였다. 내가 자임했건만, 그날따라 설거지가 벌칙처럼 느껴져서 자꾸만 눈물이 났다. 나는 왜 이런가.

최악의 돌잔치

이식 후 유산 혹은 0점이라는 초라한 성적표를 연달아 받은 어느 해에는 하필이면 참여해야 할 돌잔치가 많았다. '저출생 사회'가 무색하게 내 주변은 나를 빼고서 베이비 붐이었다. 급기야 결혼 소식도 두려웠다. 주변에 누가 결혼한다는 얘기를 들으면 걱정부터 됐다. '우리보다 그 커플이 먼저 임신하면 어쩌지.' 그 당시 나는 세상의 모든 걸 자신과 연관 지어서만 생각하는, '나만 생각하는 지옥'에 있었다.

돌잔치에 참여할 때마다 이런 생각들이 꼬리를 물었다. '첫 번째 유산한 아기집(?), 세포 상태의 존재가 순조롭게 발달했다면 지금쯤 몇 살일 텐데…그 아기의 돌잔치 장소는 여기가 좋겠군. 하지만 나는 돌잔치 따위는 하지 않겠어. 왠지 돈 잔치 같거든. 아이를 도구로 보는 분위기야.' 상상 속에서 낡은 상호부조 문화에 휩쓸리지 않는 신세내 부모가 되고자 하는 원대한 포부를 꿈꿨는데, 막상 이를 실현

하려면 임신부터 해야 했다.

그 해 참여한 잔치 중 최악의 돌잔치에는 하객들이 예상보다 많았다. 처음 보는 아이와 엄마 일행과 같은 식탁에 앉아 밥을 먹었고, 의도치 않은 강제 귀동냥이 시작됐다. 한 아이조차 뜻대로 생기지 않아서 돌잔치에서 침통한 표정을 애써 숨기고 있는 내 사정을 알 리 없는 그들은 나를 앞에 두고 둘째를 낳을지 말지 '선택'에 관한 수다를 떨었다. 이미 그들에게 익숙한 주제 같았다. 한 엄마가 말문을 텄다. "그나저나, 둘째 언제 낳을 거야?" 그러자 옆에서 다섯 살 난 아이와 함께 온 엄마가 말했다. "어휴 애 보면 모르겠어? 난 절대 안 낳아!" 그 순간 마음속에서 경악으로 가득 찬 비명을 질렀다. '귀한 자기 아이를 곁에 두고 어떻게 저런 말을 할 수 있지?'

뷔페의 식어 빠진 잡채를 먹으며, 급기야 신경증적인 망상을 시작했다. 처음 임신한 당시의 세포가 순조롭게 자라서 지금 내 옆에 있다면, 나 역시 저 여성처럼 아이를 귀찮은 짐 마냥 여기며 '둘째는 절대 노노' 장담하는 엄마가 됐을까? 사실 이 질문은 난센스다. 대답할 자격이 없기 때문이다. 경험하지 않은 상황에 대해서 침묵하는 편이 낫기에. 그럼에도 종종 타산지석이 될 만한 부모를 보면 마음속 깊은 곳으로부터 근거 없는 자신감이 떠올랐다. '나는 저런 부모는 되지 않을 거야.' 보란 듯이 좋은 부모가 되고 싶은 욕망으로 더욱 조바심이 났다.

"아이들이 없었다면 사는 게 지루했을 것 같아." 또 다른 돌잔치에서는 이런 말을 들었다. 이번에는 내가 출산한 뒤라서 타격감은 덜했다. 그러나 아이 있는 삶을 위해 갖은 노력을 한 나였고 나 역시 그런 마음이 한편에 있을지언정, 아이를 삶의 중심에 두는 뉘앙스의 말은 공감하고 싶지 않았다. 자녀의 존재 자체가 목적이기보다 자기 행복을 위한 수단이면서 도구로 여기는 사고방식처럼 느껴졌기 때문이다. 이런 사고방식이 부모와 자식 모두에게 바람직한 영향력을 행사하지는 못하리라. 은연중 자식에게 부모의 욕망을 투영하며 자기 자신으로 살아가는 데 장해물이 될 수 있다고 여겼다. 또한 이 말은 주변의 자식 없는 부부를 걱정거리로 여기는 맥락에서 등장했다는 점에서 무서운 말이기도 했다. 내가 출산 전이었어도 내 앞에서 이 말을 했을까? 아이가 생기지 않아 상심하던 때, 그가 마음속으로 이런 생각을 하며 내 처지를 딱하게 여기긴 않았을까 싶어 뒷맛이 씁쓸했다.

막상 아이를 키우면서 뒤늦게 깨달은 건 타산지석으로 느꼈던 두 사람이 어떤 면에서는 동일 인물로 느껴진다는 점이다. 아이를 키우는 부모가 고된 육아에 항상 치를 떨며 힘들어하지는 않는다. 마찬가지로 자신의 존재 가치를 아이를 통해서만 자각하는 것 역시 아니다. 내 앞에서 둘째 계획에 치를 떨던 부모가 어딘가에서는 아이 없는 삶의 무용함을 통해 역설적으로 소중함을 되새김질하는 부모일지도 모른다. 그 당시 나보다 먼저 아이를 낳아 키우는 부모들의 말과 태도를 바라보는 엄격함은 '아직 내게 오지 않은 행운을 그들이 귀하게 여기지 않는다'는 시샘이었을 것이다. 어느 순간 관대해진 내 마음은 나 역시 한 번쯤 그런 생각에 빠지는 공모자가 되었기 때문이라기보다 삶에 관한 자각 때문이다. 부모는 부모이기 전에 사람이며, 인간은 꽤 모순적이면서도 입체적인 존재라는 점을.

자연배출의 기록

임신 7주 차에 두 번째 계류유산 판정을 받았다. 업무상 이유로 알린 사람을 제외하고는 주변의 그 누구에게도 알리지 않았다. 임신 소식을 알리지 않은 상태에서 유산 소식을 알릴 수 없었기도. 두 줄을 보자마자 주변에 소식을 전하며 들떴다가 얼마 되지 않아 유산 소식을 알려야 했던 첫 번째 경험 이후, 사람들이 왜 안정기가 지나 임신 소식을 알리는지 알게 됐다. 당사자들이 유산을 왜 쉬쉬하는지도. 유산 소식을 알려 봤자 진심 어린 위로를 기대하기 어렵고 가십의 대상으로 소비되지 않으면 다행이었다.

첫 번째 유산의 경험으로 느낀 바, 유산은 실제보다 더 부풀려 타자화되는 경향이 있었다. '불쌍한 여자, 재수 없는 여자, 그래서 연민의 대상.' 지난 유산 때 지인으로부터 "어머 어떡해, 유산하면 다음 임신도 어렵다던데"라는, 취지는 걱정이겠지만 나에게는 악의적으로 느껴지는 말을 듣고 나서 자존심 센 나는 결심했다. 다시는 누군가에게 연민의 대상이 되지 않겠다고. 따라서 이번 일은 그러지 않을 사람 중 극소수에게만 알렸다.

처음이 아니므로 침착할 수 있었다. 지난번과 달리 의사 앞에서 처량하게 울먹이지 않고 차분히 물었다. 수술 말고 다른 방법이 없느냐고. 첫 번째 유산 당시에는 '빠를수록 좋다'는 의사의 권유에 따라 바로 다음 날 수술했고, 왠지 성급한 결정이었다는 생각에 곧바로 후회했다. 이번에도 의사는 수술만이 유일한 선택지인 양 수술하지 않을 때의 부작용을 잔뜩 늘어놓았다. 내가 걱정하는 수술 부작용에 관해서는 일언반구 없이. 한국에서는 수술을 권장하는 편이지만 유럽에서는 곧바로 수술할지, 아니면 태아가 자연적으로 배출되는 것을 기다릴지를 환자가 선택할 수 있다고 한다. 나는 고민 끝에 자연배출, 곧 기다림을 선택했다.

비정상적으로 텅 빈 아기집 크기만 3cm가 된 날에 유산을 판정받았고, 의사는 아기집 크기가 작지 않고 계속 자라는 중이라서 자연배출은 힘들 거라고 말했다. 수술밖에는 답이 없다는 뉘앙스. 하지만 첫 번째 유산 당시 소파수술의 기억은 트라우마처럼 남아 있었다. 큐렛이라는 갈고리 모양의 날카로운 기구가 내 자궁에 들어와 잔류하는 아기집뿐만 아니라 자궁 내벽을 손상했을 것을 떠올리면 참을 수 없는 기분이 됐다. 심지어 출산을 기다리며 진통하는 산모들의 틈바구니에서 수술 대기실을 공유하는 동안 느낀 오만가지 심정은 더욱 고통스러웠다.

집으로 돌아와 끝없는 검색을 통해 유산 판정 후 4주 정도는(최대 10주까지) 자연배출을 기다리는 것이 외국 의사들의 권고사항임을 확인하고서 기다림을 시작했다. 물론 무턱대고 기다린 건 아니다. 자궁 수축을 돕는 한약을 지어 먹고 대체의학 계열로 보이는 요법을 참고해 약을 구했다. 빠른 배출을 돕고자 걷고 또 걸었다. 안 하던 등산을 하고 빠른 걸음으로 계단을 오르내렸다. 이것은 소위 임신부가 해서는 안 되는 행동들, 유산을 촉진하는 행동들이었다.

하지만 출혈은 소변볼 때 휴지에 묻어나는 정도에서 그쳤고 포기, 결국 또다시 인터넷 커뮤니티의 후기를 참고해 약물 배출을 시도하고자 병원을 찾았다. 찾아간 병원에서도 예전 병원 원장처럼 말하지 않을지 걱정됐다. "인터넷에서 약으로 배출한다고 하는데, 그거 검증도 안 된 약이고 위험하고 말도 안 되는 거예요." 그 의사처럼 날 이상한 정보를 주워다가 떠드는 사람 취급하진 않을지.

다행히 이번 의사는 내 의견을 존중했다. 느낌상 그에게 약물 배출 처방을 요구한 환자는 아주 드물거나 내가 처음인 것 같았다. 처방전을 발급하는 데 꽤 긴 시간이 걸렸고,

심지어 날 다시 불러서 약 처방을 바꿨다고 말했다. 출혈이 너무 많다고 느껴지면 응급실에 오라며 신신당부했다.

드디어 처방 성공이다. 배출을 돕는 약 두 알에 진통제와 항염증제, 자궁수축을 돕는 약을 5일 치 처방받았다. 각각의 약에 '임산부 1급 금지 약물'이라고 쓰여 있다. 설명서는 임산부가 먹으면 자궁이 격하게 수축해 유산을 유발한다고 경고하고 있었다.

밤 11시에 처방 약 두 알을 삼켰다. 그리고 세 시간 후부터 극심한 통증에 침대를 데굴데굴 굴렀다. 밤새 몸살을 하고 난 다음 날 아침, 배출된 아기집을 손수건에 고이 싸서 우리 집 텃밭에 묻어 주었다. 한동안 나의 일부였던 것과 이별하는 의식, 마치 통과의례처럼 느껴졌다. 수술했다면 절대 못할 경험이다. 소파수술을 하던 때, 수면 마취로 통증을 느끼지 못하는 것이 다행스럽기보다는 서글펐다. 소중한 무언가를 보내는데 하나도 아프지 않다는 것. 지난 유산에서 그건 분명 아이러니였고 몸이 아프지 않아서 오히려 마음이 더 슬펐다.

이별에는 애도의 과정이 필요하다. 자연배출을 통해 아기를 보내는 과정을 거친 것 같아, 몸은 아팠지만 마음은 차분해졌다.

"덕분에 얼마간 정말 행복했어. 그 힘으로 당분간은 너무 크게 슬프지 않을 수 있을 것 같아. 고마워."

마지막 인사를 건넬 수 있어서 다행이었다.

약물 배출 일주일 후 병원에 갔다. 의사가 배출이 잘 안 되면 수술해야 한다고 말한 게 떠올라 망설여졌다. 임신 테스트기도 여전히 진한 두 줄을 보여 몸 안에 태반 등 임신 물질이 잔뜩 남았나 싶어 두려웠다. 하지만 내 눈으로 아기집을 확인했기에 확신이 있었고, 나의 선택이 틀리지 않았음을 의사에게 보여 주고 싶었다. 그래야 이 경험을 기반으로 다음번 약물 배출을 요구하는 환자에게는 좀 더 유연하게 대할 수 있을 테니.

검사 결과 아기집은 잘 배출됐고, 다만 내막이 비정상적으로 두껍다며 자궁수축제를 추가로 처방했다. 다음 검진에서 내막이 더 얇아지지 않으면 또다시 수술해야 한다는 말과 함께. 마지막 말에 또다시 걱정이 밀려왔지만, 당장은 지켜보자는 말에 일단은 안도했다.

진료를 마무리하기 전 의사는 덧붙여 말했다. "우리나라에서는 계류유산하면 수술하는 게 기본 매뉴얼이에요." 문득 그 말이 한국 산부인과는 이윤을 추구한다는 말을 '기본 매뉴얼'이라고 표현한다는 뉘앙스로 들렸다.

처방받은 약으로도 출혈이 늘신 않았다. 사언배술을 돕기 위해 처방받은 한약 복용이 끝나고 나니 출혈이 줄었다. 다행히 다음 검진에서 내막 두께는 정상으로 돌아왔고, 의사는 더 이상 수술 타령을 하지 않았다. 이로써 배출 완료! 어쨌거나 그 의사는 내가 유산한 몸을 이끌고 약물 배출이 가능한 병원을 찾느라 전전하지 않게 한 고마운 사람이다. 유산이 내 의지가 아니었을지언정, 적어도 회복 과정에서 몸에 대한 결정권을 누릴 수 있어서 다행이었다.

나라에서 받은 유산 바우처로 한약을 한 재 더 지어 먹었다. 자궁의 순환을 돕고 기혈을 보강한다는데 먹자마자 출혈이 눈에 띄게 늘었다. 이런 게 어혈일까, 갈색 피다. 그것으로 나는 한 기간을 마무리했다.

배출하는 기간에 죽고 싶은 충동에 시달리고 많이 울었다. 안전하게 배출한 후에도 절망적이고 슬픈 감정이 순간순간 압도했다. 느리지만 천천히 조금씩 나아졌다. 모든 것은 관성처럼 돌아가며 그럭저럭 괜찮아졌다.

언니의 임신과 출산

시골 사는 부모님이 나의 첫 번째 임신에 이어 곧바로 유산 소식을 듣자마자 기차를 타고 340km를 달려 우리 집에 도착했을 때 그들과의 거리감을 새삼 확인했다. 나를 위해 먼 길을 찾아온 부모님이었지만 위로가 되지 않았고, 우리 사이에는 어색한 정적만이 흘렀다. 나는 갑작스러운 불운에 좌절한 상태였으므로, 나를 걱정하며 찾아온 부모님을 맞이하는 것마저 버거운 노동으로 느껴졌다.

그때야 깨달았다. 부모님은 내가 힘들 때조차 찾고 싶은 존재가 아니란 걸. 힘들 때 부모님을 찾는 사람들이 있는가 하면, 반대로 부모님을 떠올리면 마음이 힘들어지는 사람이 나라는 사실을. 그 뒤로 여러 차례 겪은 유산은커녕 임신 시도 소식조차 전달하지 않았다. 그러는 동안 부모님 역시 내 앞에서 '임신'은 금기어였고, 임신과 관련한 이야기는 일절 하지 않으셨다. 심지어 사촌의 출산 소식조차 나에게 아무도 말하지 않아서 그 아이의 돌잔치쯤에 다른 소식통으로 알게 됐다.

그랬던 엄마가 딱 한 번 나에게 걱정하는 기색을 내비친 적이 있다. 언니가 결혼 5개월 만에 임신한 후 걸려 온 전화에서다. 이미 3년째 임신 준비 중인 나는 소식을 접한 후 충격받은 마음을 숨기려고 언니에게 최대한 밝은 척 말했다. "축하해!" 나의 극심한 난임 스트레스를 곁에서 지켜본 언니였지만, 가족 구성원의 임신에는 타격감이 없으리라 판단했는지 임신 소식을 전하면서 투덜거렸다. "엄마는 딸이 임신했다는데 그다지 좋아하는 기색이 없으시더라." 살가운 마음을 전달하는 데는 서툴지언정 소외된 사람한테는 마음 아려하는 엄마의 성정을 알기에, 언니의 좋은 소식을 마음껏 축하하기에는 아픈 손가락이 돼 버린 내가 걸렸던 모양이다. 난임 스트레스가 극에 달한 동생에게 전화통을 붙들고 무심한 엄마를 흉보는 언니의 투정에, 나는 그 마음을 알 것도 같았지만 모르는 체했다. 그 뒤로 우리는 내가 아이를 갖기 전까지 한동안 서서히 멀어졌다.

얼마 뒤 엄마로부터 전화가 왔다. 엄마는 내 이름을 부르고는 잠깐 망설이다가 조심스레 물었다.

"…흑염소 보내 줄까?"

어딘가에서 귀동냥했을, '흑염소 먹으면 애가 들어선다'

는 말을 듣고 조심스레 물어본 것이리라. 그러잖아도 언니의 임신 소식에 상심(?)한 나는 뭐라도 도움이 될지 싶어 마침 홈쇼핑에서 광고하는 흑염소 즙을 주문해 먹는 중이었다. 타이밍도 놓치고, 역시나 부모님은 나한테 도움이 되는 법이 없다. 그나저나 우리가 체외수정을 시도하는 것과 여러 차례 유산한 일을 모두 숨겨 왔건만, 부모님은 어쩐지 내가 난임으로 고생하는 걸 아시는 눈치였다. 부모님을 뵐때 아무렇지 않은 척, 적어도 부모님께는 철저히 숨기고 싶었는데.

조카가 태어난 날은 하필이면 일곱 번째로 시험관 시술 실패 결과를 통보받은 날이었다. 한껏 기대했건만 이번에도 0점. 출근하자마자 들은 언니의 출산 소식에 일터 앞 공원에 쪼그려 앉아 실연당한 여자처럼 엉엉 울었다. 또다시 실패한 내 처지가 무참하고, 언니의 출산을 진심으로 축하하지 못하는 심정의 내가 미웠다. 언니가 한겨울에 임신해서 초가을에 출산할 때까지 같은 처지가 되고자 부단히 노력했건만, 세 번의 실패를 경험했을 뿐 여전히 제자리걸음, 원점이었다.

이번에도 부모님은 언니와 조카를 보기 위해 기차를 타고 빈 실을 빌터오셨나. 0심이라는 누시에 솨설한 우리 부부가 마음을 추스르기도 전에 상경한 부모님을 모시고 조카와 언니를 보러 가는 길은 무척이나 힘이 빠졌다. 갓 태어난 손주를 유리창 너머로 확인한 엄마는 출산으로 수척해진 언니에게 수고했다는 말을, 무뚝뚝한 아빠는 준비한 봉투를 건넸다. 산후조리원 규정상 오랜 시간 대화하지 못하는 상황에 남몰래 안도의 한숨을 내쉬었다. 산후조리원을 나와서 식사하는 동안 부모님과 우리 부부 중에 아기 이야기를 꺼내는 사람은 없었다. 원체 말수가 적은 과묵한 분들이긴 해도 부모님은 우리 부부의 눈치가 보였는지 기쁜 내색조차 비치지 않으려 애쓰신 걸지도. 그 마음을 알면서도 모른 척하는 나는 오로지 내 생각뿐인, 이기적인 막내딸이자 이기적인 동생이었다.

신경쇠약 직전의 여자

무던한 성격의 여자가 수태력이 높다는 말도 지긋지긋하다. 그렇다면 난 다시 태어나는 편이 나을 것이다.

속 좁고 쩨쩨한 괴로움

2019년 그해 봄은 잔인했다. 연달아 세 번째 유산을 겪고 나서 더없이 피폐한 마음이 돼 버린 어느 날, 스무 명 규모의 모임을 하다가 구성원 가운데 한 명의 임신을 축하하는 자리가 마련됐다. 그 당시 나는 임신한 사람을 마주치기라도 하면 히스테릭한 상태가 돼 도망치듯이 피해 다녔건만, 예상치 못한 이벤트에 적잖이 당황했다. 그렇다고 사연 있는 여자처럼 자리를 박차고 나올 수는 없었다. 사람들이 손뼉 치고 환호하는 와중에도 언뜻 느껴지는, 난임인 나를 신경 쓰는 듯한 시선조차 괴로웠다(자리에 있는 사람들은 대체로 나의 난임에 관해 알고 있었다). 걱정과 동정 사이 그 어디에선가 머무는 듯한 시선은 나에게 도전적으로 질문하는 듯했다. '어때? 너도 진심으로 축하할 수 있어?' 그 질문에 대한 답은 부끄럽지만 'NO'였다.

친애하는 동료의 임신을 진심으로 축하하지 못하는 자괴

감, '어째서 나는…'으로 시작되는 익숙한 신세 한탄, 그럼에도 보는 눈들이 있으니 평정심을 유지해야 한다는 일념으로 안간힘을 썼다. 괜찮아 보이고 싶었지만, 결국 웃지도 울지도 못하는 표정으로 어정쩡하게 얼어붙은 채 있었던 것도 같다. 사람들 눈에 내가 나의 비(非)행운에 완벽하게 대처하는 것처럼 보이고 싶었지만. 한편으론 집으로 돌아오는 길에 가정해 봤다. 모임을 준비한 사람 중 한 명이라도 사전에 나에게 다가와서 구성원의 임신 소식을 미리 전하고 축하하는 시간을 가질 것이라고 조심스레 언질을 주었다면, 표정 관리가 조금은 쉽지 않았을까? 이미 부질없는 생각이지만 말이다.

어쨌거나 이 속 좁고 쩨쩨한 괴로움을 나눌 사람은 주변에 단 한 명, 남편뿐이었다. 하지만 실망스럽게도 남편의 반응은 공감보다는 의아함에 가까웠다. 임신한 구성원을 함께 축하하는 자리가 잘못된 것이 아닌데 왜 그렇게까지 속상해하냐는 질책이었다. 그런데 나는 바로 그 이유로 괴로웠다. 잘못한 사람은 아무도 없는데 축하받아 마땅한 타인의 행복에 나의 불행이 증폭되는, 즉 정도가 심한 열등감에 시달리며 속 좁은 사람이 됐다는 데서 오는 좌절감. 결국 나는 남편에게도 모순과 괴로움으로 가득 찬 심성을 용삼받지 못했다.

그런데 얼마 뒤 야근 중인 남편에게 갑자기 장문의 문자가 왔다.

"당신이 전에 모임 때 겪었던 일을 나도 겪으니 되게 힘드네. 그때 당신이 얼마나 힘들었을지 마음으로 공감 못한 내가 너무 미안해. 얼마 전에 출산한 친구 불러서 건배사하는데 그 자리에 있는 게 너무 힘들었어. 선배들도 몇 번씩 아이 소식 없냐고 물어보고…. 그때 당신이 힘들었다고 했을 때 얼마나 힘들었을지 공감하지 못한 내가 너무 밉기도 하고."

사람들 틈에서 자괴감과 소외감을 느꼈을 남편의 문자에 나는 오히려 마음이 더 서글퍼졌다. 우리가 사람들 속에서 느끼는 소외감과 고독으로 연결되고 끈끈해지고 있다는 면에서.

그랬던 그가 난임 상태를 벗어나고 나니 난임을 겪는 사람을 섬세하게 배려하지 못했던 일화를 들려주었다. 2019년 가을, 드디어 우리는 임신에 성공했다. 남편은 회사 동료들이 함께한 회의 자리에서 임신 소식을 전했는데, 그 자리에는 우리 부부와 마찬가지로 간절히 아이를 기다리는 후배가 있었다. 그동안 같은 어려움을 겪는 터라 고충을 나누며 알게 모르게 서로 의지한 동료다. 더군다나 임신 안정기를 한참 지나서 알렸으니, 그가 느꼈을 서운함과 놀라움이 충분히 예상됐다. 뒤늦게 '아차' 싶었던 남편은 후배에게 찾아가 사과했다. 따로 조심스럽게 소식을 전했어야 하는데 배려가 부족했음을.

난임 기간에 악의 없고 그 자체로 무해한 타인의 임신 소식에 그토록 '셀프' 상처받은 우리였으나, 그 상태를 벗어나자마자 같은 처지인 타인에게 급속도로 무관심해진 모습이었다. 그리고 이어지는 후배의 이야기에 남편 역시 말로 표현하기 힘든 감정을 느꼈다. 후배는 우리 부부가 어렵고 긴 과정을 거쳐 임신에 성공한 걸 잘 알면서도, 자신도 모르게 속상한 마음에 눈물이 났다는 사실에 자책하며 아내에게 이렇게 말했다고.

"우리가 힘들지만, 최소한 동민이 형만큼은 진심으로 축하해 줘야 하지 않을까? 마음을 다잡아 보자."

"마음을 다잡아 보자"라는 말, 우리 역시 타인의 임신을 축하하기 위해서 어렵사리 마음을 다잡아야만 하는 시간이 있었다. 마음을 다잡아도 결국 흔쾌해지지 않고 서늘해지고 마는 마음에 적잖이 당황한 순간들이 있었다. 가까운 사람이 임신을 거쳐 출산했을 때 그가 임신하고 출산하기까지 열 달 남짓의 시간 동안 열 번의 실패를 경험해야 했던 나는, 산후조리원 면회에서 수척해진 그에게 '축하한다'는 말 한마디만은 하지 않기 위해 아기가 예쁘다는 둥, 몸조리 잘하라는 둥 빙빙 돌리며 다른 말을 잘도 찾아냈다. 돌아와서는 마음에 없는 소리일지언정 상대방에게 축하의 말 한마디 하지 않은 나의 야박함에 가책을 느끼며 뒤척이는 밤이 있었다.

하지만 같은 처지였는데도 미처 배려받지 못한 남편의 후배 부부는 우리에게 임신 축하 선물까지 챙겨 주며 태어날 아기를 환대했다. 우리보다 마음을 잘 다잡을 줄 알았던 그들은 그로부터 1년 후 임신했고, 지금은 예쁜 아기를 키우고 있다.

그의 고충

남편 역시 난임으로 한창 마음고생할 때였다. 천성이 밝고 긍정적이라서 어지간해선 마음의 모서리를 드러내지 않는 사람이지만, 누가 봐도 힘들어 보였다. 주변에서 걱정하면, 직장에서 노동조합 간부를 병행하는 남편은 '노조' 핑계를 대곤 했다. 어느덧 협상 준비차 노사 간 회식 자리가 열렸고 사측 위원, 그러니까 남편이 난임으로 고생하는 걸 알 리 없는 간부 중 한 명이 남편에게 말했다.

"사무장님~ 제가 아이를 키워 보니 정말 좋고 행복하네요."

그는 남편과 나이가 같았고, 다른 점은 그에게 아기가 있었다. 속 뉘앙스는 '그러니 너도 낳아라'는 오지랖이었겠지만, 어쨌거나 본인이 지금 행복하다는 감정 표현이 담긴 스몰토크였을 텐데 가뜩이나 날이 서 있던 남편은 곧바로 이렇게 대꾸했다.

"그런 얘기 함부로 하시면 안 됩니다."

일순간 싸늘해진 분위기, 회사 측 간부가 곧바로 중재에 나섰다.

"사무장님 지금 아이 가지려고 애쓰는 중인데 그런 얘기 하지 마세요."

이번에는 남편 눈이 휘둥그레졌다. 그에게 말한 적이 없었고, 따라서 그 사람 역시 남편의 난임 이야기를 알 리 없었기 때문이다. 그 뒤로 남편은 사측 간부에게 난임 이야기를 전달한 사람이 과연 누굴지 촉을 세우느라 자리에 집중할 수 없었다고 한다. 이쯤 되니 장르가 바뀐 셈이다. 예민할 수 있는 협상 준비 기간에 회사 쪽 임원에게 하지 않아도 될 이야기를 할 정도로 친분을 유지하는 조합원이 누구인지 알 수 없어 꺼림직했다. 그 조합원이 과연 개인 신상 얘기만 했을지, 아니면 그 이상으로 협상에 관한 노동자 쪽의 어떤 중요한 정보를 누설했을지 알 수 없는 일이기에.

난임 시술로 막대한 돈을 썼지만, 여전히 실패한 해에는 남편 회사에 소득공제 서류 제출을 망설이기도 했다. 난임 시술 의료비는 일반 의료비와 달리 세액공제 한도가 없고 공제율도 높다. 그래서 무조건 청구해야 하지만, 회사 경리팀에서 말이 새어 나와 '난임 시술로 얼마를 썼다더라'는 소문이 날까 걱정됐다. 이유는 하나, 우리가 임신에 집착하는 사람으로 보일까 봐서(물론 사실이지만). 실패한 임신에 쓴

지출을 확인하는 것도 곤욕스러운데 주변의 평판까지 신경 써야 했다.

돌아보면 그런 부분이 참 힘들었다. 사람들은 그다지 신경 쓰지 않으리란 걸 모르지 않으면서도, 혹여나 마음이 다칠까 바짝 가시를 세우며 주변을 경계하는 일이.

네 번째 결혼기념일

네 번째 결혼기념일을 앞둔, 그러니까 2019년 10월의 어느 날 우리는 기념사진을 찍으러 돈을 들여 한껏 치장하고 당시 유행하던 콘셉트의 흑백사진관에 갔다. 사실 한참을 망설였다. '임신을 준비한 지 어느덧 3년째인데 아직도 우리 둘이라니'라는 쓸데없는 신세 한탄과 아울러 '그래도 내년 이맘때쯤엔 아기가 생길지도 모르니(!) 둘만의 기념사진을 마지막으로 남겨두는 게 좋지 않을까' 싶은 희망고문에.

그 당시 우리는 잇따른 유산과 실패에도 도박중독자처럼 시험관 시술을 멈추지 못했고 그 해에만 다섯 번째 시술을 앞두고 있었다. 어쨌거나 고민 끝에 찍기로 결심. 기본 구도와 자세를 잡아 주던 사장님은 '마침내' 우리가 원치 않는 질문을 던졌다.

"결혼한 지 얼마나 됐어요?"

이 질문을 피할 길이 없을 것 같다는 이유도 찍지 않을 이유 중 지분을 차지했건만, 역시나 피할 수 없었다. 그때 우리는 악의 없는 말 한마디에 와르르 무너질 만큼 취약했다.

"4년 됐어요."

그러자 싱겁게도(!) "그렇군요" 중얼거리며 다음 자세를 요청했다. 약간 의외였다. 보통 결혼 햇수를 정직하게 답하면 질문 지옥이 시작되는데(왜 아이는 없죠? 딩크인가요? 아이를 싫어하나요? 병원은 가 보셨어요?), 사장님이 예상되는 다음 질문을 하지 않은 건 그저 의례적인 질문이었기 때문일까. 아니면 깊은 배려였을지도.

그때 그 사진관에서, 셋이 된 우리가 다시 찾아가 사진을 찍으면 어떨까 해서 찾아보았으나 지금은 폐업했는지 연락이 닿지 않는다. 세심한 배려였을지, 아리송한 채로 한 번씩 떠오르는 그때 그 사장님.

3

이미 온전한 삶

시험관 7차 시술을 종료하며

"기다림에 지친 사람들은 산으로 갔어요."[*]

그해 여름, 시험관 7차가 끝났다. 이식 7일째 피검사 수치 0점이라는 여지없이 단호한 성적표를 받아 들고서. 세 번째 채취와 다섯 번째 이식까지 실패한 2019년 8월, 오랜 기다림에 지치고 갈 곳을 잃은 기분이었다. 더 시도할 수도, 그렇다고 포기할 수도 없는 망연자실한 순간이다. 임신보다 힘든 건 어쩌면 임신을 포기하는 일인지도 몰랐다.

"뱀이 탈피하는 이유가 뭔지 알아요? 목숨 걸고 몇 번이고 죽어라 허물을 벗다 보면 언젠가 다리가 나올 거라 믿기 때문이래요. 이번에는 꼭 나오겠지, 이번에는, 하면서."[**]

오로지 생존을 위해 타인의 목숨을 빼앗아야만 하는 극

---

[*] 신동엽, 김형수 엮음 《이야기하는 쟁기꾼의 대지》, 교보문고, 2010, 56쪽.

[**] 미야베 미유키, 이영미 옮김,《화차》, 문학동네, 2012. 347쪽.

악한 상황에 내몰린 한 여자에게서 도무지 임신을 포기할 수 없어 괴로운 내 모습이 겹쳐 보였다. 소설 속 여자처럼 아이를 갖기 위해 극단적으로, 이를테면 아이를 납치할 생각까진 없으나 목적에 대한 간절함만큼은 이 구절과 닮아 있었다. 실패할수록 좌절보다는 오기가 생기는 걸지도.

'지지 않을 거야, 더는 물러설 수 없어.' 누군가에게는 도박중독자처럼 보일지 모르겠지만, 시험관 고차수에 접어든 여성은 '임신은 노력이 아니라 운'이라는 생각으로 임하는 법이다. 난임 커뮤니티에는 '될놈될'이라는 말이 이런 맥락에서 쓰인다. 수정된 배아의 상태가 나쁘더라도 착상하면 그만이라는, 결국 '될 놈은 된다'는 정신승리. 따라서 수없이 많은 시험관 시술 끝에, 25년 만에 아기를 낳은 54세 여성의 사연을 다룬 해외토픽에 "그렇게까지…"라며 한숨을 내쉬기보다는 '어쩌면 나도?' 싶어 대책 없이 희망을 느끼는 사람이 되는 것이다.

이제 임신은 그저 도박 같은 일이라고 치부하고 만다. 노력한다고 해서 되는 게 아니고, 노력 여부와 상관없이 계속 시도하다 보면 어쩌다 찾아오는 행운 같은 것이랄까. 원인불명으로 시험관 시술 10회 차가 넘어가는 사람이 있는가 하면, 심각한 방해 요소에도 불구하고 기적처럼 자연임신이 되는 사람도 생기니까. 그래서 어느 순간 큰 기대 없이 초연한 마음이 돼 주사위를 던지듯 임신을 시도하고 있었다. 허물을 벗다 보면 언젠가는 다리가 나올 거라고 믿는 뱀처럼, 이번에는 될 거야, 다음에는 될 거야, 아니 언젠가는 되겠지, 하면서.

그 당시 시험관 7차를 마무리하며 얻은 깨달음이 있다면 글을 쓰겠다는 다짐이었다. 그해 여름은 원치 않은 임신을 중단하려는 자기결정권에 제동 거는 사회에 맞서 거리로 나서는 여성들이 있었다. 페미니즘 리부트가 한창이었지만, 나는 역설적으로 난임에 따른 괴로움을 말할 수 없는 처지가 됐다. 누가 나를 이해할 수 있을까. 나조차 나를 이해할 수 없으니. 마찬가지로 간절히 원하고 노력해도 임신이 어려운 나와 같은 여성들은 주변으로부터 안타까운 대상이 될지언정 이해와 공감의 대상이 되지는 못했다. 사회가 들으려 하지 않는 목소리를 내는 페미니스트로서 정체화했건만, 어느 순간 나는 점점 더 침묵을 선택하고 있었다. 나의 고통을 이해하지 못하는 사람들 틈에서 나는 고독해졌다.

"모두 호의적인 미소를 짓고 상냥하게 대해주는 이곳에서는 울적해하거나 자기 연민에 빠져있는 게 불가능하다."[*]

* 　실비아 플라스, 김선형 옮김, 《실비아 플라스의 일기》, 문예출판사, 2004, 646쪽.

내 두려움의 근원은 인정욕구로부터 비롯됐을지도 모른다. 행복한 삶을 위해 퍼즐 하나를 맞추려는 노력이 욕심은 아닐까, 집착은 아닐까, 끊임없이 자기검열하고 회의하는 시간이었다. 20대의 시행착오를 거친 30대 초반, 어쩌면 인생에서 가장 빛나는 시기에 주사와 약물로 호르몬의 노예가 되는 길을 자발적으로 선택한 데서 오는 자괴감에 시달렸다. 아이를 가지고 싶은 간절한 욕망이 원하는 건 무엇이든 이뤄야 하는 무한한 신자유주의적 욕망 추구이자 집착으로 비칠까 봐 두려웠다. 끊임없이 자신을 성장시키는 자기 계발의 시대에 오로지 '생식'이라는 목표로 몸에 갇혀 사는 사람으로 보이지는 않을까 하며, 페미니스트이자 현대인인 자신에게 자괴감이 들었다.

그런 나에게 필요했을 말을 나는 최근에서야 우연히 마주했다. 얼마 전 오랜만에 들어간 난임 커뮤니티의 글이다. 이제는 '아이 없는 삶'을 선택한, 아이 갖기를 포기한 어떤이가 커뮤니티를 떠나며 마지막으로 남긴 글이 과거의 나를 위로했다.

"저는 여러 상황을 고려해 아이 없는 삶을 선택했지만, 남편 닮은 아이를 의학적 도움을 받으면서까지 낳고 싶다는 것이 결코 욕심이 아니란 걸 말씀드리고 싶어요."

그는 남겨진 사람들에게 당부하고 있었다. 자연적으로

태어난 아이는 축복이고 시험관으로 태어난 아이는 욕심처럼 여겨지는 세상의 은밀한 잣대에 무너지지 말 것을. 어쩌면 그는 자신에게 실패의 상처만 남았을, 더는 가지 않기로 한 길에 대한 가치를 평가절하할 수도 있었을 것이다. 하지만 그는 반대로 커뮤니티에 남은 사람들을 '있는 힘껏' 지지하고 존중하는 태도를 보였다.

나는 내 이야기를 빌려 우리의 이야기를 하고 싶었다. 세상에는 실패의 서사도 필요하고 집착의 서사도 필요하지 않은가. 내가 시험관을 일곱 번 시도하고 일곱 번 전부 실패하는 동안 무엇을 느꼈는지, '그럼에도 불구하고' 어떤 태도로 삶을 이어가려 했는지 그 기록을 남기고 싶었다. 기다림에 지친 나는 펜을 들었다. 글쓰기는 나에게 산이었고 해방구였다. 나를 달래던 그 방법은 하나의 습관이 돼 여전히 나를 돌보고 구원하는 중이다.

자기연민

임신과 출산 경험이 없는데도, 나만의 고통에 관한 지리멸
렬한 이야기를 참을성 있게 들어 준 친구들이 있다. 그중 A
는 결혼은커녕 연애조차 별 관심이 없는 사람으로, 나와는
상당히 다르다. 그날도 나는 뜻대로 되지 않는 임신과 출산
에 관해 장시간 신세 한탄을 늘어놓았다. 그로부터 며칠 뒤
A는 내 생일도 아닌 어느 날, 케이크 기프티콘을 보냈다. 전
날 만났을 때 입버릇처럼 내뱉은 '단 걸 먹고 싶다'는 말을
기억한 것이다. 보송보송 부드럽고 예쁜 케이크를 보약이
라도 되는 양 꼭꼭 씹어 삼켰다. 케이크는 달았고, 프로작을
먹은 직후처럼 기분은 한결 나아졌다.

나를 함부로 동정하지 않은 친구가 고마웠다. A는 나의
반복되는 신세 한탄이 '자기연민'임을 일깨우며 말했다.

"나는 너처럼 좋은 남편도 없고 집도 절도 없는 불안한
무주택 노동자야. 너는 절대 불쌍한 사람이 아니야. 자신을

불쌍하다고 생각하지 마."

한 대 맞은 기분이었다. 위로를 바란 건 아니었지만 팩트 폭격이라니. 한마디로 신세 한탄을 늘어놓는 내 모습을 봐주기 역겹다는 말이기도 했는데, 그의 의도와는 상관없이 어쩌면 그 당시 나에게 필요한 충고였다. 그 말을 듣고서야 내 상황을 객관적으로 바라볼 수 있었다.

그 뒤로 친구에게 징징대기를 그만두었다. 내 고통이 온전히 받아들여지지 않는다는 서운함이 아니었다. 자기연민에 취한 모습이 얼마나 추할 수 있는지를 일깨운 그에게 부끄러운 한편 고마웠다. 결코 내 처지가 낫다는 비교우위에서 오는 고마움은 아니었다. 아이는 원래 없었고, 없는 채로 살았고, 따라서 따지고 보면 잃은 것은 없었다. 난임을 겪기 전까지, 이제껏 서른 해를 살아온 방식대로 주변 사람들과의 관계와 유머, 여유를 누리며 살면 그만이었다. A는 내가 가지지 못한 것만 바라보지 말고 내가 이미 누리고 있는 것을 놓쳐서는 안 된다고 일깨웠다. 문제는 내가 더 이상 이전의 삶으로 돌아갈 수 없다는 데 있었지만.

난임의 우울

난임을 인정하기까지, 즉 난임으로 얼마나 고통받고 스트레스받는지를 직시하기까지 오랜 시간이 걸렸다. 인정하고 싶지 않은 이유는 자존심 때문이었다. '임신이 삶의 목표가 될 수는 없어', '내 삶이 없으니 아이 갖는 데 집착하는 건 아닐까. 지금-여기 삶에 집중하자'고 간절히, 수없이, 주문처럼 되뇌었다.

하지만 마음은 다잡아지지 않았고 '난임'이라는 기간과 마음속 표적 없는 분노는 비례했다. 심각성을 자각했을 무렵, 주변 사람들에게 이런 말을 하기에 이르렀다. "저 이번에 꼭 임신돼야 하니까 스트레스 주지 마세요." 보통 이런 말은 임산부가 많이 한다는데, '저 지금 임신 중이니까 스트레스 주지 마세요'라고. 나는 임신이 되기도 전에 '임신(을 위한) 유세' 중이었다. 나를 아끼는 사람한테조차 방어적이고 공격적인 태도로 상처를 내보였다. 그럼에도 임신은 되지 않았고 나는 밑바닥으로 추락했다.

조사에 따르면, 난임 여성이 겪는 스트레스 지수는 무려 암을 선고받은 환자의 마음 상태와 맞먹는다고 한다. 아이를 갖지 못하는 상태는 곧 자존감과 직결되며, 마치 무능한 인간이 되는 것과 같은 감정 상태에 휩싸이기 때문이리라. 나의 경우, 일상의 모든 행위가 임신이라는 목표를 향해 복무했다. 임신이라는 키워드는 한순간도 머릿속을 떠나지 않았고, 일상을 사는 기준은 '임신에 도움이 되는지'의 여부로 나뉘었다. 술, 찬 음식 등 즐겨하던 것을 금지하고, 익숙지 않은 것을 우걱우걱 일상에 초대했다. 심지어 감정 상태까지. 난임 커뮤니티에서 흔히 조언하는, '스트레스를 받으면 몸은 생식기능을 중단한다'는 말, 좀 더 쉬운 버전으로는 '무던한 여자가 수태력이 높다'는 말이 있다. 이 말을 들으면 '마음을 편히 가져야지'라고 생각하는 것이 아니라, 그렇지 못한 마음 상태를 자책하며 이중으로 스트레스를 받았다.

누구를 만나더라도 난임 상태에서 벗어나지 못했다. 내 처지를 깊숙이 의식했다. 아이가 있거나 임신 중인 사람을 만나면 부러움에 사로잡혔다. 임신에 전혀 관심 없는 사람을 만나더라도 '결코 날 이해할 수 없겠지'라며 자신을 소외시켰고, 나의 임신을 기다리는 사람에게는 자책감과 언젠가는 기대에 부응하고 싶다는 인정욕구로 몸서리쳤다. 결국 누구를 만나든 뼛속 깊이 난임을 망각하거나 벗어나지 못했다.

누군가 말했다. 사회적 약자는 힘이 없는 존재가 아니라 자신을 설명할 언어가 없는 사람이라고. 결혼은 했는데 아이가 없는 것 역시 아이에 대한 사회적 집착이 큰 이 사회에서는 결핍 상태, 즉 상황에 따라 '사회적 약자' 처지일 수 있다. 아이가 없다는 이유로 남들로부터 오해를 사고 부당한 질문에 시달린다는 점에서 여느 소수 집단과 같다. 부당한 질문의 특징은 질문에 이미 질문자의 편견이 포함돼 있으며, 대답과 상관없이 답은 정해져 있다는 점이다. 이를테면 "왜 아이가 없어?"라는 질문 결혼한 부부가 자녀를 두는 일이 정상적인 삶처럼 여겨지는 분위기에서 난임 부부는 아이를 싫어하는 사람으로 매도당하기 일쑤다. 사정을 고백해도 "병원 가서 적극적으로 시술받는 건 어때?" 따위의 질문을 받는다. 하지만 이미 아이를 간절히 바란 나머지 시술을 여러 차례 받았는데 거듭 실패 중이고 앞으로도 계속 실패할 것만 같노라고 정직하게 대답하면, 질문자의 얼굴에 떠오를 낭패감을 감당하기 어려워 사실을 그대로 전할 수 없다.

정상가족 이데올로기가 지배하는 사회에서 '결혼한 지 오

래됐지만 아이가 없는' 사람이 어떻게 평가되는지 느낀 일
화가 있다. 청소년에 대한 애정이 각별한 어떤 사람을 두
고, 그가 없는 자리에서 그 사람이 청소년을 좋아하는 이유
를 "자식이 없어서"라고 단정 짓는 사람들의 대화를 들었
다. 가십의 대상이 된 사람은 난임으로 인해 비자발적 딩크
족으로 살고 있었다. 이처럼 어떤 사람이 사회적으로 정상
이라고 여겨지는 부분이 결핍되면, 그 사람의 행위는 결핍
의 결과로 설명되곤 한다. 이를테면 난임 여성이 자주 듣는
말 중 '저러니 애가 안 생기지'가 있다.

하지만 역시 임신은 계획대로, 뜻대로 되는 일이 아니었
다. 그 시기 아이를 품지 못하는 내 몸은 둘 중 하나였다. 주
사기로 주입한 성선자극호르몬의 영향으로 난포들이 포도
송이처럼 자라거나, 성숙한 난자를 채취해 체외에서 정자
와 수정해 이식했으나 착상에 실패하거나. 반복 과정에서
언제부턴가 시작도 하기 전에 실패를 100% 확신하곤 했다.
'내가 해 봐서 아는데' 지난 열두 달이 넘도록 완벽한 실패
를 반복한 사람의 익숙한 체념이었다.

더 이상 기약 없는 희망고문으로 나를 괴롭히고 싶지 않
았다. 일기장에 온통 임신에 관한 생각을 나열하는 것을 그
만누고 싶었다. 아이를 갖는 일에 열중하기보다 지금 그대
로의 자신을 온전히 아끼고 사랑하고 싶었다. 아이를 낳지

못한 사람이 아닌 아이로부터 자유로운 사람이 되고 싶었다. 나는 이미 온전하다고, 설령 아이 없는 삶도 괜찮다고 다독여 주고 싶었다. 임신이라는 닿지 않는 꿈으로부터 스스로 멀어지기 위해 자신을 달래며 수양했다.

시험관까지는 하고 싶지 않다는 말

일전에 한 예능 프로그램에서 연예인 이효리는 아이를 낳고 싶지만, 시험관까지는 하고 싶지 않다고 말했다.[*] 아이를 갖기 위해 체외수정 시술을 수도 없이 시도한 나에게 그 말은 상처였지만, 그 마음을 존중했다. 사실 그토록 기다린 아이를 낳고 키우면서도 어두웠던 난임 시절을 수도 없이 떠올렸거든. 그때에 비하면 지금 얼마나 행복한지를 실감하고 만끽하기 위함은 아니다. 아이가 없으면 없는 대로, 주어진 상황을 받아들이지 못한 채 끝도 없이 불화하며 집착한 나 자신을 때때로 떠올리며 여전히 연민하고 있었다.

아마도 그녀의 시험관까지는 하고 싶지 않다는 말은 그만큼 아이를 간절히 원하지는 않는다는 뜻이거나, 인공적인 시술에 대한 편견 때문은 아닐 거라 생각했다. 다만 그

[*]　〈떡볶이집 그 오빠〉, MBC에브리원, 2022년 5월 31일.

녀는 자기 자신의 상황과 삶을 온전히 받아들이려는, 가질 수 없는 무언가를 갈망하며 자신을 소외시키지 않으려는 것 같았다. 어떤 면에서 자기 자신을 지킬 줄 아는 사람, 그래서 그녀는 진정한 대인배구나 싶었다.

비록 나는 아이를 낳았지만, 외롭고 무참하던 그때 그 시절의 나를 지켜내지는 못했다. 그래서 문득문득 그때의 나를 떠올린다. 있는 그대로 사랑해 주지 못했던 나야, 미안해. 그 힘들었던 시간을 조금 더 웃으면서 기다렸다면 얼마나 좋았을까, 하면서…. 하지만 그 시절은 지나갔고 이미 부질없는 생각이지만 말이야.

쉬운 일 아니에요

"웃긴 게 뭔지 알아? 행복하게 살자고 결심하기 전까지도 완벽하게 행복했다는 거야."[*]

'멋진 결혼식으로 사랑의 결실을 보여줘야 한다'는 강박으로 결혼식을 'happily ever after(…그들은 행복하게 잘 살았답니다)'의 상징으로 여기며 고대하다가 어긋나고 반년 만에 재회한 연인, 캐리는 말한다. 우리는 결혼을 떠나서 이미 행복했으며 그저 있는 그대로 사랑하면 되는 거였다고, 그깟 형식에 집착해서 정작 중요한 '지금, 이 순간'을 놓쳤다고.

나 역시 그랬다. 아이가 생기지 않아 눈물짓고 힘든 날들이 많았다. 하지만 아이러니는 우리에겐 이미 아이 없는 삶이 기본값이었다는 데 있었다. 둘이 함께 행복한 지금, 이

[*] 마이클 패트릭 킹 감독, 〈섹스 앤 더 시티〉, 2008.

순간을 연장하고자 결혼했는데, 난임이라는 뜻밖의 이벤트를 만나며 둘만으로는 어딘가 결핍을 넘어서 불행하다고 느끼는 지경에 이르렀다. 답답했다. 이미 30년을 무자녀 상태로 살아왔는데, 왜 생긴 적 없는 아이 때문에 이토록 자신을 몰아세우는 걸까. "뭐 하러 그렇게까지 몸과 마음 상해 가며 아이를 가지려고 하냐, 그냥 즐기면서 살아"라는 주변의 말에 상처받았지만, 사실 그건 내면의 소리이기도 했다. 다만 외부로부터 한 번 더 확인 사살하고 싶지 않을 뿐이었다.

난임을 거치며 어떤 사람들은 생애 처음으로 자신의 욕구를 직면하기도 한다. 아이를 가지고 싶은지 자기 욕망을 알아볼 시도조차 하지 못한 채 결혼하고, 가임기고, 그런데 안 생기니까 갖가지 상황에 떠밀리듯 난임 클리닉에 가서 시술받으며 연속되는 실패에 직면하자 처음으로 질문한다. '내가 왜 이러고 있지? 나는 진정으로 아이를 원하는 걸까?' 고통스러운 과정은 어떤 면에서 당사자에게 본질적인 질문을 던진다. 나에게 중요한 건 무엇인지, 지금 당장 무엇을 해야 하는지. 난임 시술을 거듭 실패하며 힘들어하는 아내를 지켜보며 배우자 연예인은 방송에서 이렇게 고백했다.

"아이가 아니라 아내를 원하는 거였구나, 깨달았어요."

나 역시 실패를 거듭하며 끊임없이 자신에게 물었다. 아이를 정말 원하는지, 아이가 아니면 안 되는 건지. 이런 질문이 있다. "어떤 결정을 해도 애매할 때는 당신이 룩셈부르크 같은 낯선 데에 있다고 가정해 보자. 거기선 아무도 당신을 몰라요. 그럼 어떤 결정을 할래요?" 룩셈부르크에 있어도 나는 아이를 원한다고 이야기할 수 있을까. 아이를 가지고픈 욕망이야말로 진정 내 것일까.

중요한 사실은 지금의 남편이 아니라면 내가 이토록 아이를 원했을지 확신할 수 없다는 것이다. 나는 남편을 사랑했고, 그에 대한 애정과 신뢰가 깊어질수록 아이에 대한 열망이 정비례하며 자라났다. 다시 말하면 지금의 내 남편이 아니라면 아이를 바라지 않았을지도 모른다는 사실, 결국은 생기지 않은 아이보다 우리가 더 소중하다는 진실이었다. 하지만 우리는 애초에 우리 삶에 있지도 않은 존재를 갈구하며 둘이 있는 상태를 온전치 않은, 불완전하고 결핍된 상태로 느끼기에 이른 것은 아닌가.

어느새 우리의 관계는 '아이 없음'으로 규정되고 있었다. 난임센터 담당의는 "보통 시술 세 번이면 그 안에 대부분 성공합니다"라며 희망적인 뉘앙스로 말했지만, 그 "대부분"에 차마 속하지 못한 우리는 실패감에 휩싸였다. 따라서 난임 시술을 받는 동안 우리는 미생이었다. "불임을 난임으로 바꿔 준 보조생식기술은 난임을 극복해야만 하는 비정상적이며 일시적인 상태로 규정하고, 난임자의 삶을 늘 아이를 가지기 이전의 상태, 기다림의 시간, 아이를 가져야만 완성되는 삶, 미생으로 만들어 버리기 때문이다."* 반복된 실패로 긴 터널에 갇힌 듯 암담한 우리는 의문만 가득했다. '우리가 예전에 아이 없이도 온전했던 삶으로 돌아갈 수 있을까?'

---

* 　제소희 외,《아프면 보이는 것들》, 후마니타스, 2021, 95쪽.

"이젠, 배짱 두둑하고 영리해질 때다"

여성들의 일과 사랑을 주제로 뉴욕에서 펼쳐지는 다양한
삶을 다룬 〈섹스 앤 더 시티〉 시즌 6에서는 극 중 인물 샬롯
의 난임과 유산을 다룬다. 샬롯은 친구 미란다의 아기 브래
디의 생일파티를 앞두고 유산이라는 불운을 겪는다. 도저
히 친구의 아기 생일을 축하할 자신이 나질 않아 파티를 포
기하고 어두운 방에서 우울하게 텔레비전을 본다. 그러다
자신이 동경하는 배우 엘리자베스 테일러가 주인공으로 나
온 다큐멘터리에서 역경과 고난을 거친 뒤 내뱉은 말을 듣
고 마음이 움직인다.

　"이젠 배짱 두둑하고 영리해질 때다(Now is the time for
guts and guile)."

　테일러의 말을 곱씹으며 샬롯은 어두운 방을 나와 햇빛
속으로 당당히 걸어간다. 어찌된 밈늘지인징 봉기가 없나
면 배짱이라도 부리겠다고 마음먹는다. 친구 아기의 생일

을 축하하기 위해 매력적인 태도와 용감한 얼굴로, 자신이 가진 옷 가운데 가장 멋진, 엘리자베스 테일러 스타일의 핫 핑크 드레스를 근사하게 차려입고서.

나 역시 연속된 유산과 착상 실패로 큰 좌절감에 빠졌을 때 난임 당사자를 지원하는 우울증상담센터를 찾았다. 도움이 될지 모르겠지만 무턱대고 갔다. 이제 내 자궁만 돌볼 수 없는 상태에 이르렀기에 절박했다. 정확히는 지금의 내 상태가 우울증으로 규정될 수 있는 정도인지 알고 싶었다. 만약 그렇다면 내가 다녀야 할 병원의 수가 늘어날 테지만.

한 시간 정도 걸리는 심리검사지를 체크하고 다음 상담일에 결과를 들었다. 내 심리상태는 생각보다 나쁘지 않았다. 상담사 역시 우울증으로 보일 만한 부분은 없다며 무엇이 힘든지 구체적인 이유를 물었다. 하지만 지금 내 상황과 전혀 무관해 보이는 상담사를 마주하니 순간 말문이 막혔고, 거꾸로 내가 질문하고 싶은 심정이었다. '선생님은 아이가 있나요? 난임을 겪었거나 겪고 있나요? 난임에 대해 어떻게 생각하나요?' 하지만 이것은 내가 할 수도 없고 할 줄도 모르는 질문이었다.

우울증이 아니라는 진단은 답답하면서도 묘하게 위안이 됐다. 난임 시기를 통틀어 샬롯처럼 두둑한 배짱을 가져 보지는 못했지만, 그날 상담센터를 나서면서 약간 의기양양한 기분이 들었다. '아직 최악은 아니'라고 공신력 있는 진단을 받은 것 같아서. 상담 결과를 들으며 난임뿐만 아니라 일이나 전망에 대한 풀리지 않는 고민이 하나둘 떠올랐다. 난임에 압도돼 그동안 가라앉았던 내 고민이 수면 위로 드러났다. 어느 순간 난임 병원에 가는 것이 일상에서 가장 중요한 일이 되면서, 생기지 않는 아이에게 인생 포인트가 있는 나머지 그 밖의 삶의 영역을 부차적으로 여겼다는 사실을 새삼 느꼈다. 중요한 건 임신 그 자체가 아니라 좋은 삶을 사는 거였는데. '내가 지나치게 비관한 건 아닐까?'라며 마음속 숨어 있던 좋은 삶에 대한 욕구들이 떠오르는 듯했다.

힘든 시기에 내 안의 괴로움에 매몰되지 않는 건 절대 쉽지 않다. 다만 다음의 고난이 찾아오면 그때는 이 당시의 시행착오를 떠올리고, 부디 조금은 더 현명하게 괴로운 시기를 보낼 수 있을지도 모른다. 절박한 때 심리검사를 받으며 동아줄을 잡는 심정으로 의존하고 싶었지만, 결국에 도달하는 건 '스스로를 구원하라'는 성찰이었다. "이제, 배짱두둑하고 영리해질 때다." 스스로 세뇌하듯 되뇌면서 뚜벅뚜벅 나아가야 한다.

실패를 합리화하는 법

"불에 타고 데인 후에야 인생이 이토록 괴로울 수도 있음을 깨닫고 좀 더 강한 인간이 되는 것이다. 소원이 이루어지지 않았다는 결과에서 신의 깊은 배려를 찾아내는 것."[*]

얼마 전 미용실에서 대기 자리에 있는 책의 이 구절을 읽으며, 내 오랜 난임 과정의 결실이 비단 아이뿐만이 아닌 인생 수업이었다고(!) 좋게 합리화하기에 이르렀다. 이런 거창한 합리화는 임신에 성공한 후에나 할 수 있을 뿐, 난임 와중에 누군가 나의 시련에 이런 의미를 부여했다면 상처받았을 테지.

계속된 실패 과정에서는 소소하게나마 실패에 대한 합리화, 긍정적으로 생각하는 태도가 필요했다. 그렇지 않으면 도저히 다음 시술에 도전할 용기를 낼 수 없었으니까. 시험

---

[*] 소노 아야코, 김욱 옮김, 《약간의 거리를 둔다》, 책읽는고양이, 2016, 54쪽.

관 시술에 실패하면 경제적인 비용을 비롯해 손해가 막심하다. 그래서 쓰린 마음을 일으켜 세우고 계속해서 살아가려면 어느 정도의 합리화가 필요했다. 예컨대 내가 유독 과음하는 날은 배아 이식 일주일 후, 임신 테스트기에 또렷한 한 줄이 떠오르는 날이었다. 그런 날은 일부러 술을 더 많이 마셨던 것 같다. 맛있는 술을 진탕 마실 수 있으니 임신 실패가 다행이라는 듯이, 임신 실패를 보상받으려는 듯이.

난임 병원도 2~3월에는 사람들의 발길이 약간 뜸해진다. 그쯤 이식해서 임신하면 출산 예정일이 대체로 11~12월에 걸리는데, 느린 생일은 발달 역시 느리다는 세간의 인식 때문이다. 언론도 주기적으로 기존의 인식과 편견을 재생산하는 기사를 보도하곤 한다. "12월에 태어난 아이들이 1월생에 비해 학력이 떨어지며 사회생활에서도 평생 손해를 겪는다."**

누군가는 난임 처지에 찬물 더운물 가릴 때냐며 속으로 비웃을지 모르지만, '항시 임신 대기' 상태에서 언제 생길지 모를 아이를 기다리며 여러 상황을 고려하며 따져보곤 했다. 난임 당사자도 남들처럼 성별 따지고 시기 역시 따진다. 임신 안정기에 접어들며 아기의 성별이 남자아이로 판

** 임동욱, "12월에 태어나면 정말 손해 볼까", 〈더사이언스타임즈〉, 2010년 12월 31일.

정되고 약간 속상했지만, 주변에 내색하지 않으려 애썼다. 요즘 딸이 귀하다는데 서운하지 않냐는 주변의 반응에 호기롭게 말했다. "아하하하~ 그런 게 어딨어요. 아이가 생긴 것만으로도 감사하죠!" 사실 진심을 내색할 수 없었다. 상대가 부정적으로 생각할지도 모른다는 기우로 조심스러웠다. '어렵게 임신했으면서 바라는 게 많네.'

물론 합리화의 연속이다. 나의 첫 번째 임신이 순조롭게 진행됐다면 나는 2017년에 닭띠 아기를 낳았을 것이다. 그해 아이를 유산하면서 떠올렸다. '남편이 개띠니까 내년에 남편과 같은 개띠 아기를 낳는 것도 좋을 거야.' 하지만 다음 해도 실패, 그러고는 또 이렇게 합리화하는 것이다. '내년은 황금돼지띠라는데, 2007년 황금돼지띠에 출산율 붐이 일어날 정도였으니 2019년에 낳는다면 좋겠네!' 결과적으로 나는 2019년 가을에 임신해서 이듬해 여름에 쥐띠 아기를 낳았다. 쥐띠의 장점은? 딱히 떠오르지 않는다. '아하하, 띠가 뭐가 중요하겠어? 건강히 낳으면 그만이지!'

태몽에 대한 집착도 있었다. 내 기준에서 사람은 둘로 나뉘는데, 자신의 태몽을 알고 있는 사람과 그렇지 않은 사람이다. 자신의 태몽을 아는 사람은 태어나기 전부터 기다려지고 환대받으며 탄생한 존재처럼 느껴진다. 마치 옛 영웅들의 탄생 설화가 강조되는 것처럼. 하지만 나는 후자였다.

그래서인지 우리 아기의 태몽은 그럴듯하면 좋겠다는 바람이었다. 태몽을 주변에서 꿔 주는 일도 있다는 말에, 어느 회차의 시험관 시술을 앞두고 남편 회사 동료가 남편에게 한 꿈 이야기가 신경 쓰였다. 그는 꿈에서 남편이 아기를 안고 있었는데 남편의 표정이 밝아 보였다며, 좋은 소식 없냐고 조심스레 물었다. 순간 솔깃했지만, 남편의 다음 말에 개꿈임을 확신했다. "근데 태몽에 아기가 직접 등상하진 않잖아?" 그 차수는 역시나 실패였다. 이렇게 합리화하는 수밖에. '우리 아기의 진짜 태몽은 엄청날 거야!'

시험관 시술이 인위적이라서 태몽도 없나 싶어 아쉬운 마음이 들었다. 그런데 출산 후 남편이 문득 떠올랐다며 임신 즈음해서 꾼 꿈에 관한 이야기에 태몽을 확신했다. 남편이 집으로 가는 길에 웬 쥐 한 마리가 따라오길래, 평소 난데없이 출몰하는 모든 종류의 동물을 싫어하는 남편이 겁에 질린 나머지 잰걸음으로 따돌리고 가까스로 집에 도착했다고 한다. 그런데 이미 집 안에 엄청나게 큰 그 쥐가 자신을 기다리고 있었다. 연관성을 따지자면 우리 집 아기는 쥐띠, 이 웃기고 황당한 꿈이 우리의 태몽이지 않을까.

인터넷으로 태몽을 샅샅이 검색한 결과 최대한 비슷한 예를 찾았다. "쥐가 내 앞으로 다가오는 꿈: 모험심과 사교성이 좋은 남자아이를 얻을 태몽." 우리 집 아기의 성별은 남자, 성격 역시 발랄하고 넉살 좋은 걸 보면 얼추 맞으니 이게 우리 아기 태몽인 걸로 뒤늦게 판정! 그런데 문제는 꿈의 결말이었다. 꿈은 결국 남편이 집에 들어온 큰 쥐를 직접 내쫓으며 끝났다고 한다. 그럼 이 아기는 어떻게 되는 거지? 공연히 남편을 탓했다.

"그걸 왜 쫓아내, 평소 같으면 무서워서 방역업체 불렀을 양반이 웬일로 쫓아내고 있네!"

콰트로치즈버거의 맛

2019년 봄, 버거킹에서 신메뉴 '콰트로치즈버거'를 출시한 지 얼마 되지 않은 때다. 시험관 시술에서 동결주기 4차 이식을 앞두고 있었다. 4차 이식은 우리에게 의미가 각별했는데, 시술비 70%에 달하는 정부 지원금이 동결주기에서 4차까지만 지원되는 터라 이번 회차가 마지막 기회였다. 이후 이식에는 시술비용 전액을 자부담으로 처리해야 해서, 우리가 시술에 도전할 어쩌면 마지막 기회일지도 몰랐다.

직전 신선주기에서 27개의 난자를 채취했고 12개의 동결배아가 만들어졌다. 의사는 과배란의 여파로 복수가 찰 우려가 있다며, 나의 읍소에도 신선주기 이식을 취소했다. 소개받은 난임 병원에서 막 졸업하고 일반 산부인과로 전원을 앞둔 오픈 채팅방 언니를 병원 로비에서 마주쳤다. 쌍둥이를 임신한 그녀, 남 일처럼 느껴지지 않았다. 마음 한편으로 나도 쌍둥이를 임신하면 어떡하나, 둘을 동시에 돌보는 일이 가능할지, 행복한 걱정(?)에 빠지며 들뜬 마음으로 동결배아 이식을 준비했다.

드디어 이식 당일이다. 새벽 이른 시간에 출발해 두 시간을 달려 도착했지만 우리는 피곤한 줄 몰랐다. 이식을 앞두고 간호사는 신경안정제 수액을 투여했다. 이식할 때 마음 상태가 안정돼야 안정적으로 착상할 확률이 높아진다나. 퍽 그럴듯한 설명이었다. 수정란을 이식하는 시술은 기구를 질 속 깊이 삽입해 배아를 주입하고 초음파상에서 잘 들어간 것을 확인하면 끝나는 간단한 과정이다. 배아를 이식한 후 수술실 침대에 누워 있는 나에게 의사는 말했다. 마침 다음 시간에 시술이 없으니 최대한, 충분히 있다가 가라고. 나 역시 방광 용량이 허락하는 한도 안에서 최대한 오래 누운 자세를 유지하고 싶었다. 그럴수록 임신 확률이 높아지기라도 하는 것처럼.

병원에서는 이식이 끝난 뒤 우리 부부에게 운영 중인 산후조리원 한 실을 통째로 내주는 호의를 보였다. 집에서 멀리 떨어진 곳에서 시술받은 터라 이곳에서 안정을 취하다가 편한 시간에 가라는 병원의 배려다. 이식이 끝나고 나는 최대한 오랜 시간 이식실에서 대기하다가 간 터라 남편은 내가 오기로 한 시간보다 훨씬 오랜 시간을 기다려야 했다. 남편은 배고플 나를 위해 병원에서 10분 거리의 버거킹에서 햄버거 신메뉴를 포장해서 기다리고 있었다. 예정보다 늦게 도착한 탓에 햄버거는 온기를 잃었다. 그런데도 살면서 먹어 본 햄버거 가운데 가장 맛있었다. 역시 버거킹인가? 버거킹 신메뉴, '히트다 히트!' 너무나 맛있는 햄버거에 우리는 방금 이식이라는 장장 2주간의 한 과정을 끝냈다는 사실을 잊은 채 정신없이 몰입했다.

그리고 동시에 미래를 확신했다. 이번에는 기필코 임신이 될 것이 분명하다며 대책 없이 희망에 부풀었다. 우리가 잠시 머문 산후조리원은 난임 부부인 우리와 어울리지 않는 공간이 아니라 아홉 달 뒤 우리가 당당하게 머물 곳인 양 생각됐다. 집으로 돌아온 우리는 집 비밀번호를 이식 날짜로 바꿨다. 오늘은 우리에게 희망이자 행운의 날이 되리라 확신하며.

결국 그 차수 역시 임신에 실패했지만, 그 뒤로 한동안 햄버거는 버거킹 쿼트로치즈버거만 찾았다. 햄버거는 죄가 없으니까. 무엇보다 다양한 치즈가 한데 어울려 진한 풍미를 내뿜는 그 맛을 잊을 수 없었다. 그런데 이상하게도 두 번 다시는 그때의 그 맛을 느끼지 못했다. 지금도 우리는 말한다. 그날 이후로 그런 맛있는 햄버거는 먹어 보질 못했다고. 그때 그 햄버거는 프랜차이즈 매장에서 어떤 인심 좋은 알바생이 재료를 아끼지 않고 만든 우연한 맛이었을까, 아니면 우리가 꿈꾼 희망의 맛이었을까.

난자 질이 뭐길래

"희망보단 노력이 중요하죠."[*]

단언컨대 '난자 질'은 시험관 시술을 시도하는 여성에게 가장 중요한 문제다. 체외수정 성공의 관건이 되는 양대 산맥은 건강한 난자와 정자의 결합체인 배아의 등급[**]과 수정란이 안정적으로 착상하기에 알맞도록 도톰하게 부풀어 오른 자궁내막 상태다. 여기서 정자보다 난자의 질이 우선하는 까닭은 난자 개수가 확연히 적기 때문이다. 난자는 한 생식 주기에서 평균적으로 한 개 정도 생산된다. 체외수정

[*] 마틴 맥도나 감독, 〈쓰리 빌보드〉, 2018.
[**] 배아에도 등급이 있다. 배아의 모양, 즉 파편의 정도로 판단하며 파편이 없는 배아는 상급이나 중급, 그렇지 않은 배아는 하급으로 분류된다. 하지만 여기에 지나치게 연연해서는 안 된다. 나는 교과서에 등재될 만한 모양의 상급 배아를 무수히 생산했지만, 대부분 유산하거나 착상조차 못한 때가 부지기수였다.

성공률을 높이기 위해서는 난자 개수를 늘리도록 각종 호르몬 칵테일을 매일 배 주사로 주입하며 과배란을 거치는데, 그 결과 성숙한 난자를 많게는 30여 개까지 채취한다. 반대로 정자 개수는 절대적으로 많다(정액 1ml당 6,000만 개). 몇억 마리의 정자 중 똘똘한 몇 마리를 찾기란 상대적으로 어렵지 않다. 난임 커뮤니티에서는 시술 준비 중에 남편의 몸 관리는 어떻게 해야 하냐는 질문에, 의사가 "할 필요 없어요"라고 단호히 말해서 무안했다는 후기가 심심찮게 올라온다. 그 말인즉슨 '문제는 바로 너, 너만 잘하면 돼'라는 압박이기도 하다. 결과적으로 무정자증이 아니라면, 정자는 선별 과정이 쉽다. 하지만 난소 기능 저하를 겪는 여성은 난자의 개수가 절대적으로 적을뿐더러, 체외수정 과정에서 끝까지 살아남기 어렵거나 좋은 예후를 기대하기 어렵다. 세포의 질이 낮을수록 착상에 실패할 확률이 높다고 여기기 때문이다. 하지만 꼭 그런 것은 아니다. 바로 내가 그랬다.

우리 부부는 모두 난자와 정자의 질이 좋은 편에 속했다. 나는 '난소 나이'라고 불리는 AMH 수치*가 양호했다. 의사

＊　AMH(Anti-Mullerian Hormone)는 난소 속 미성숙 난포에서 분비되는 호르몬으로, 대략적인 난소 나이를 가늠할 수 있는 기준이 돼 난자예비력을 알 수 있다.

는 생식학적 나이로 치면 대략 25세 정도라고 말했다. 마치 임신에 투자할 수 있는 난자가 무한대로 많은 것처럼 느껴졌다. 일면적으로는 임신의 확률이 높아 보였지만, 어떤 의미에서 그건 내가 아이를 포기하지 못하는 요소로 작동하기도 했다. 난임으로 함께 고군분투하는 오픈 채팅방 언니의 말은 내 마음을 대변했다.

"내 몸이 난자를 모두 내줄 때까진 해야 미련이 안 남을 것 같아."

시험관 시술을 하면 할수록 '원인불명'으로밖에 설명되지 않는 난임의 영역이 늘어났다. 시험관 첫 시술에서 담당 의사는 내 나이와 난소 기능, 자궁내막까지 모두 좋다며 성공을 장담했지만, 이식 두 회차를 착상에 실패해 임신 수치 피검사에서 0점을 연달아 받았다. 비임신이더라도, 심지어 남자도 이 검사하면 0.1점은 나온다는데 내 자궁이 야속했다. 그다음 차수에서는 연달아 세 번을 유산했다. 자연임신했다가 유산한 경우까지 포함하면 내 인생 총 네 번의 유산, 병원에서는 이 증상을 '습관성 유산'이라는 괴랄한 이름으로 호명했다. 아무리 그래도 그렇지, 물론 나쁜 습관도 있겠지만 '유산'이라는 단어 앞에 붙일 만한 단어는 아니지 않은가. 그나마 이 닉칭을 '만복유산'으로 성성하자는 여론이 생겨나 지금은 두 이름이 섞여 사용되고 있다. 어쨌거나 반복유산을 치료하기 위해 몇 가지 호르몬 검사를 했지만, 결과는 '이상 없음'이었다. 그땐 정말이지 팔자 고치려고 굿이라도 해야 하나 싶었다.

그렇다면 자꾸 유산되거나 착상에 실패하는 이유는 무엇일까? 그때부터는 나의 '우월한' AMH 수치인 난자 질을 믿지 않기로 했다. 진정한 의미에서 난자 질을 높이기 위해 모든 역량을 총동원했다. 어느 날 지인들과의 수다 모임에서 한 언니와 건강한 식생활에 관한 이야기를 나누다가 돌연 그가 갑자기 물었다. "계은아, 너 어디 아파?" 그는 각종 질병에 시달렸고 항암 치료 전력이 있는, 일상을 유지하기 위해 몸에 많은 시간과 에너지를 쓰는 사람이었다. 그런 그가 자신과 굉장히 비슷한 생활방식을 공유하는 나를 보고 반가움과 동시에 걱정스러움이 고개를 들었던 것인데, 그의 질문에 나는 그만 겸연쩍었다. 그는 일상을 살기 위해 혹독하게 식습관을 조절하는데, 나는 고작 무언가를 더 갖기 위해 이 생활을 유지한다고 비치리라 생각하니 조금 부끄러웠다. 하지만 절박한 마음은 그와 못지않음을 구구절절 하소연하고 싶은 마음을 가까스로 참았다. 결코 이해받을 수 없으리라는 익숙한 단절감을 느끼며.

나는 연속된 실패의 끝에서 다시 한번 병원을 바꿈과 동시에, 이번에는 내 몸의 세포 하나하나까지 전부 바꿔야겠다고 결심했다. 사람의 몸은 3개월을 주기로 변화한다고 한다. 내가 은호를 만난 건 암 환자의 식생활로 바꾼 지 4개월이 지났을 때였다. (이렇게 쓰니 무슨 시험관 성공 수기 같네!) 물론 이렇게까지 해도 끝까지 실패하는 사람이 있고, 성공과 실패의 요소에는 너무나도 많은 경우의 수가 존재해서 타인의 성공 수기를 읽는 건 어떤 면에서 무의미하다. 내가 식생활까지 바꾸지 않고 의사만 바꾸고도 성공했을 수 있고, 깨끗이 포기하고 마음을 비우고 살다가 자연임신에 성공했을지도 모를 일이다. 포기하고 싶지만 포기할 수 없는 시간, 그 무엇이든 일어날 수도 일어나지 않을 수도 있는 일들, 무수한 성공과 실패. 그 앞에서 나는 한없이 겸손해졌고, 이제 그 누구의 고통도 함부로 안다고 말하지 않게 됐다. 그래서 나는 내 임신이 '노력의 결실'로 당연하게 여겨지기보다는 여전히 우연, 행운으로 느껴진다. 물론 먼 길을 돌아 도착했지만, 나는 운이 좋은 사람이라고.

임신의 비용

우리가 임신에 성공한 순간은 시술 비용으로 남겨 둔 비상금이 모두 동이 나서 시술을 지속하려면 마이너스 통장을 써야 했던 무렵이다. 어느새 수중에 가용할 수 있는 돈이 통장을 스쳐 가는 월급 빼고는 전무했다. 매달 갚아야 할 대출금만으로도 빠듯한 형편에 추가 대출은 무리였기에 시술을 중단할 위기에 처했다. 이미 우리는 형편에 비해 많은 돈을 썼다.

어느 순간 우리에게 난임 치료의 마지노선은 무사히 아이를 낳는 것이 아닌, 가진 돈이 모두 고갈될 시점으로 바뀌었다. 자발적인 중단이 아닌 경제적 어려움으로 아이 있는 삶을 포기하는 상황은 마주하고 싶지 않았기에 부디 그 전에 아이가 와 주길 바랄 뿐이었다. 하지만 정작 돈이 바닥나자, 어떻게든 돈을 마련할 방법을 찾기 시작했다. 지금 포기하기에는 그동안 들인 시간과 노력이 너무 아깝다는 핑계를 대면서. 난임 치료는 회차에 비례해 성공 확률이 높아지지 않는다는 점에서 절망적이다. 오히려 반대라면 모를까. 사실 난임 기술은 큰 편차가 없기에 성공의 관건은 수정란의 상태였고, 절대적으로 부부의 가임력에 의존했다. 가임력이란 시간이 지날수록 나아지기보다는 나빠지는 법이니까.

만약 우리가 임신하기까지 1,000만 원이 필요하다는 확실한 보장이 있었다면 우리는 기꺼이, 또 흔쾌히 그 돈을 대출받았을 것이다. 암담함은 앞으로 더 얼마나 많은 돈을 써야 할지 도대체 예측할 수 없다는 점에 있었다. 우리가 만약 아기를 키우는 데 필요한 비용 때문에 대출받아야 하는 상황이라면 누구든지 이의를 제기하지 않을 것이다. 하지만 아이를 낳기도 전에 낳기 위한 비용으로 빚을 져야 하는 상황은 나 자신도 받아들이기 힘들었다.

연이어 유산이 되면서 새로운 난임 치료 방법을 모색해야 했고, 그 결과 유전자 검사를 통해 배아를 선별하는 PGS 시술에 도전하게 됐다. PGS는 비싸고 비급여다. 부모에게 염색체 이상이 있어서 질환의 유전을 염려할 때, 원인불명의 유산이 반복될 때 고려할 수 있는 선택지다.

우리는 마지막 수난이 될 비용을 충당하기 위해 삶의 방식을 잠시 바꾸기로 했다. 나는 계약직으로 전일제 노동, 임금노동의 세계에 뛰어들었다. 똑같은 난임 처지여도, 그 사람이 어떤 사회적·경제적 조건인지에 따라서 겪는 경험의 폭만큼 전혀 다른 서사가 이루어지는 법이다. 아이를 갖기 위해 육아휴직을 하거나 직장을 그만두는 사람이 있는가 하면, 시술비를 벌고자 전업 노동을 시작하는 나 같은 사람도 있다. 그전까지 난임 클리닉을 직장 다니듯이 다녔다면, 이제는 직장을 다니면서 난임 클리닉까지 병행하는 이중고의 처지가 됐다.

우리 부부가 결혼 초기 다녀온 전주 여행 중, 야시장이 열리는 벼룩시장에서 본 인상 깊은 글귀 "조금 벌고, 아주 잘 살자"는 우리 삶의 좌우명이다. 우리에겐 많은 돈이 필요하지 않았고 둘이 살기에는 한 명만 벌어도 충분했다. 남편의 배려 덕분에 나는 돈으로 환산되지 않지만 사회적으로 필요한 가치를 만드는 노동에 집중할 수 있었다. 물론 다른 사람의 눈에 '팔자 좋은 여편네'로 보일지 모르지만. 그랬던 우리가 아이를 낳기도 전에 수천만 원의 돈을 쓰게 될 줄이야. 남들은 2세 계획으로 돈을 모은다지만 우리는 2세를 낳기 위한 비용으로 중형차 한 대 값을 쓴 셈이다. 정작 당시 우리가 타던 차는 물려받은 20만km를 갓 넘긴 10년 차 SUV였다. 우리는 이 차를 타고 왕복 4시간이 걸리는 난임 병원을 오가며 아기가 생기면 차부터 바꾸자고 수

다를 떨곤 했다. 이건 뭐, 난임푸어도 아니고.

체외수정 시술 비용이 전부는 아니었다. 난자 질과 정자 질에 도움이 된다는 각종 영양제를 사들이고, 좋은 몸을 만든답시고 한의원을 취미처럼 다녔다. 기본 수가에 침과 뜸, 물리치료까지 풀코스로 받을 수 있는 한의원에서 난임 기간에 주기적으로 한약을 달여 먹었다. 나중에는 아이가 하도 생기지 않으니, 한의사와 서로 보기 민망할 정도였다.

PGS를 시도한 차수는 당시 정부가 시술비 50%를 지원하는 마지막 차수(신선 4차)였다. 시술을 앞두고 네 달간 암 환자 식단을 유지함과 동시에, 직장을 다니며 화장실에서 호르몬 주사를 맞았다. 병원에 가야 하는 날이면 새벽 6시에 집에서 출발해 진료받고, 9시를 조금 넘겨 지각한 척하며 출근하는 일상을 유지했다. 일과 임신 준비, 이 두 가지가 전부인 단조로운 일상이었다. 출근해서는 열심히 일하고 퇴근해서는 운동과 식단 조절에 힘쓰며 몸의 온 기운을 생식력에 집중시켰다. 받은 월급은 시술비와 임신에 도움 되는 영양제, 혈액순환을 위한 마사지를 받는 데 아낌없이 투자했다.

10월, 대망의 신선이식을 했고 일주일 후 복수가 차오르기 시작했다. 복수가 차오르는 건 과배란에 따른 부작용, 즉 난소과자극증후군으로서 혈액이 농축돼 혈전이 발생하며 드물게 목숨을 잃는 사례가 있을 정도로 위험한 상태다. 하지만 나는 해맑게 남편에게 물었다.

"나 4개월 된 임산부처럼 보이지 않아?"

임신에 성공할수록 복수가 차오를 확률이 높다는 정보 때문이다. 어느덧 임신 5개월로 보일 때쯤 병원에서 배에 주사기를 꽂아 들통에다가 복수를 빼내는 원시적인 시술을 받으면서도 우리는 싱글벙글이었다. 드디어 성공이다.

이렇게 우리 집 아기는 '자연스러운' '사랑의 결실'이 아니라, 부부의 의지적인 전일제 노동의 대가로 태어났다.

어떤 의사

심신이 취약해진 환자 처지에서 의사가 조금이라도 호의와 존중을 보이면 마음이 쉽사리 무장 해제되는 법이다. 환자로서 고마움과 유대감을 느낀 의사를 만난 건 난임 시절을 통틀어 가장 절박한 때였다. 그는 나의 이야기를 들어 주고 공감해 주었으며, 난감할지도 모를 요청을 받아 주었다.

네 번째 계류유산이었다. 슬퍼할 틈이 없었다. '유산'이 불러일으키는 상실감과 비루함에 빠져 슬퍼하는 건 사치였다. 불운 그 자체에 집중할 시간이 없었다. 슬픔보다는 유산 후 뒷감당이 불러일으킬 임신 지연 상황에 신경이 더 쓰였다. 당장 소파수술을 하면 후유증 때문에 자궁내막이 회복될 때까지 적게는 3개월에서 길게는 6개월 정도 임신 시도를 중단해야 한다. 소파수술을 하면 자궁내막의 손상이 불가피하다. 안정적인 임신을 위한 두 가지 조건은 수정란과 자궁내막의 상태이므로 결코 후자를 위험에 빠뜨릴 수 없었다. 그래서 나는 세 번째 유산 때와 마찬가지로 자궁에 잔류한 아기집을 약물로 배출하기 위해 병원을 찾았다. 지난번 병원은 가지 않았다. 이번에 가면 분명히 수술을 권할 것 같았다. 새 병원은 차선책으로 찾은 곳이다. 다행히 의사는 나의 의견을 존중했다.

몇 주 뒤 경과를 보는데 의사의 표정이 어두웠다. 예후가 좋지 않다며 조심스레 자궁경 수술을 권했다. 두 번의 유산 후 자궁내막에 용종(폴립)이 생겼고, 이 용종은 배아가 착상할 때 방해 요소가 될 수 있으므로 자궁내막을 매끈하게 정리할 필요가 있다는 설명이었다. 세 번째 체외수정 시술을 앞두고 한 경험이 있어서 필요성에 공감했다. 하지만 결국 자궁에 칼을 댄다는 생각에 착잡한 기분을 떨치기 어려웠다.

'이 수술을 받으면 착상률이 높아지니, 바로 다음 주기에 새롭게 난자를 채취해서 이식할 거야.' 나는 또다시 작은 희망을 안고서 수술대에 누웠다. 프로포폴이 주입되는 순간, 간호사의 주문에 따라 하나, 둘, 셋 숫자를 세면서 서글픈 마음을 비우려고 이렇게 되뇌었던 것 같다. '임신에 가까워지는 과정이야.'

의사는 수술 후 보호자인 남편에게 말했다. "제가 꼼꼼히 폴립 제거했어요. 내막이 깔끔하게 잘 정리됐으니 너무 걱정하지 마세요." 남편은 의사의 말에서 조심스러움과 배려심이 느껴져 그의 당부대로 안심이 됐다고 한다. 그건 의사가 환자의 보호자에게 통상적으로 건네는 '수술 잘 됐어요'가 아니었다. 어렵고 복잡한 수술 과정을 상세히 설명한 후 수술이 잘됐으니 걱정하지 말라는 말까지 덧붙이는 것, 어쩌면 의사가 대기실에서 초조한 마음으로 기다렸을 보호자에게 건넬 수 있는 최고의 위로일지도.

그해 겨울, 임신 10주 차에 난임 병원을 졸업하고 나는 그때 그 의사가 있는 병원으로 옮겼다. 고마움의 표현이자 의리(?)였다. 사는 곳 근처에 수많은 선택지가 있었지만, 어디가 좋을지 따지거나 알아볼 시도조차 하지 않고 출산할 병원과 산후조리원까지 의사 한 명만을 보고 선택했다. 전원하러 가는 첫날, 태아의 발달 상태에 대한 기대감보다 고마운 선생님에게 기쁜 소식을 알리러 가는 기분에 들떴던 것 같다. 그녀는 내가 임신하면 자랑하고 싶은 사람 중에 비교적 앞 순서로 떠오른 사람이었다. 선생님이 진심으로 기뻐할 것이라는 생각이 들었으니까.

선생님은 역시나 임신 소식에 반색하며 진심으로 축하했고, 우리는 당분간 한 달 간격으로 만나는 사이가 됐다. 그중 18주가 돼 태아 정밀 초음파를 보던 순간이 기억에 남는다. 그전까지 흑백 화면에서 심박수와 발달 상태를 간단히 확인했다면, 정밀 초음파는 3D 화면으로 생동감 있게 태아의 얼굴까지 포착했다. 하지만 아쉽게도 아기는 뱃속에서 웅크린 자세로 좀처럼 얼굴을 보여 주지 않았고, 우리 부부는 반 포기 상태로 다음 정밀 초음파를 기약해야지 싶었다. 그 와중에도 선생님은 우리보다 아쉬움을 표현하면서 어떻게든 얼굴을 보여 주려고 애썼다. 나중에 다시 찾아본 영상에서, 함께 저장된 선생님의 목소리에는 미세한 들뜸이 느껴졌다. 그녀에게 일상적인 노동이었을 테지만 그 순간 노동 이상의 감정이 전달됐고, 우리는 그 들뜸마저 고마웠다.

자연분만을 시도하던 나는 진통의 막바지 단계에 이르러 조기 태반 박리로 응급 제왕수술을 했다. 사실 그건 내가 가장 원하지 않는 출산 방식이었다. 사전에 남편에게 혹시라도 수술하게 되면 수술실에서 자리를 함께 지키며 내 손을 잡아 줄 수 있는지, 혹시 모르니 선생님께 물어나 봐 달라고 부탁했다. 물론 남편의 요청에 선생님은 어려울 것 같다고 답했다. 하지만 단칼에 거절하지 않고 잠시나마 심각하게 고민하는 모습이었다며, 그 태도에서 남편은 존중감을 느낄 수 있었다고 했다.

최근 자궁 관련 진료를 받기 위해 3년 만에 병원을 찾았다. 예약 못하고 갔더니, 호의적인 태도로 환자를 맞이하는 그 선생님에게 환자가 몰린 터라 대기가 길어 결국 다른 의사에게 예약했다. 일주일 뒤 한 번 더 진료받아야 해서 그 선생님께 예약해 달라고 부탁했더니, 간호사가 약간의 난색을 보이며 물었다.

"B 선생님도 진료 잘 보시는데 무슨 이유가 있으세요?"

그 말에 수줍게 대답했다.

"오랜만에 ○○○ 선생님 뵙고 싶어서요."

낯익은 얼굴의 베테랑 간호사는 내 얼굴을 다시 쳐다보았고, 내 말을 이해한 듯 싱긋 웃었다.

"젠장, 아이 낳는 걸 깜박했네!"

난임 시술비에 대한 공공의 지원 대상에는 '나이 제한'이 필요하다고 국립의료원 소속 중앙난임우울증상담센터장이 말했다. "나이 마흔 넘어서 하려니까 잘 안 되는데 계속 돈을 줘서 될 때까지 임신하려고 난임을 몇 년을 몇 번이고 하게 하는 것이 여성들을 위해서 바람직한 일인가? 40세 이상이 시험관을 무한 반복하는 것이 누구에게 도움이 되냐는 거죠. 지원 횟수가 늘어날수록 환자들이 내 상태가 문제가 아니라 그 돈을 다 쓰지 않으면 손해라고 생각합니다."[*] 언뜻 보면 합리적으로 느껴지는 논리, 하지만 자세히 뜯어보면 악의적이다. 이 말은 결국 여성이 40대 이상이 돼 임신하려는 건 순리가 아니라 욕심이며, '가임력 팔팔할 때는 뭐 하고 뒤늦게 지원해 달라고 난리?!'라는 세간의 비난

[*] 최안나 중앙난임우울증상담센터장 발언, 〈서울특별시 저출생 대응 전략 마련을 위한 정책토론회〉, 서울특별시의회 주최, 2023년 4월 28일.

을 강화하고 있기 때문이다. 이 센터장이 진정으로 걱정하는 부분이 과연 나이 마흔 넘은 여성의 건강인지, 아니면 국가 세금의 고갈인지 분간하기 어렵다.

우선 "40세 이상이 시험관을 무한 반복하는 것"이라는 말, 그러나 체외수정 시술을 무한히 반복할 수 있는 사람은 없다. 그저 무한 반복, 집착이라고 여기는 주변의 시선이 있을 뿐이다. 난임 당사자들은 누구나 하루빨리 임신해서 아이 갖길 희망하지, "지원 횟수가 늘어날수록 (…) 그 돈을 다 쓰지 않으면 손해라고 생각"하지 않는다. 정부 지원과 상관없는 비급여 항목이 많고, 결국에는 자부담으로 100만 원 이상이 들며 몸도 상한다. 그럼에도 포기하지 못하는 건 지원을 더 받고 싶어서가 아니라 그만큼 아이가 간절해서다. 이런 말은 난임 당사자의 입장과 심정을 조금이라도 헤아린다면 뱉을 수 없다. 하필이면 이 말을 난임 당사자의 정신건강을 지원하는 기관장이 했다는 점에서 유감스럽다.

이 발언은 곧 논란이 됐다. 한 매체에서 '단독보도'로 이 사안을 다뤘는데, 댓글 창에는 이 발언을 옹호하는 댓글이 주를 이뤘다. 대체로 성공 확률이 높지 않은데 국가 세금 쓰는 건 낭비라면서, 한마디로 별 성과 없이 세금을 축별 시고 애성되는 40대 여성들에 대한 비난 일색이있다. 어느 순간 공적 자금에 의존하는 사람을 폄하하는 것이 '공정함'

이라는 시대정신처럼 여겨지는 사회다.

40대 난임 여성들의 삶을 부정하는 댓글이 주를 이뤘다.* "자기 욕심 때문에 다 늙어서 결혼해놓고 지원해달라고? 심보봐라ㅋㅋ." "젊어서 즐길 것 다 즐겨놓고 늦게 결혼해서 지원해달라고 아우성이네." 이는 마치 1970년대 미국에서 아이를 낳지 않는 여성을 공격하는 논리와 닮았다. "성공하는 여성은 결혼과 모성을 희생시킨다."** 여성의 고유한 역할은 임신과 출산이지만 본분을 망각하고 있다는 듯이 출생률 감소의 원인을 오롯이 여성에게서 찾는다. 하지만 성공하는 여성은 결혼과 모성을 희생시키는 것이 아니라, 다만 자신의 삶을 살 뿐이다. "여성이 출산을 거부하는 일은 여전히 비정상적으로 여겨진다. 여성은 엄마라는 인식 때문이다."*** 그래서 1970년대 미국의 페미니스트들은 여성을 자궁으로 보는 지긋지긋한 인식에 제동을 걸기 위해 이런 문장이 적힌 티셔츠를 입고 다녔다.

"젠장! 아이 낳는 걸 깜박했네!"****

헌법재판소는 지난 2018년 비로소 임신중단이 여성의

---

* 〈시험관 '나이 제한'? 국립의료원 난임센터장 발언 논란〉, JTBC 뉴스룸, 2023년 5월 6일 유튜브 댓글.
** 수전 팔루디, 황성원 옮김, 《백래시》, 아르테, 2017, 451쪽.
*** 오나 도나스, 송소민 옮김, 《엄마됨을 후회함》, 반니, 2016, 33쪽.

자기결정권으로 존중돼야 한다는 상식을 명문화했다. 마찬가지로 여성이 결혼할지 말지, 아이를 낳을지 말지는 언제까지나 선택의 영역에 머물러야 한다.

**** 애럴린 휴즈, 최주언 옮김, 《나는 아이를 낳지 않기로 했다》, 처음북스, 2015, 66쪽.

난임 동지에서 육아 동지로

A 언니는 명언 제조기다. 오픈 채팅방에서 중간 나이인 그녀는 사람들의 말에 항상 적절한 리액션을 보였다. 그녀가 한 말 중 가장 기억에 남는 것은 '밭'에 관한 비유다. 때는 새로운 방식으로 시술에 도전한 만큼 기대가 컸으나 무참한 실패를 맛본 6차수가 끝난 뒤다. 나는 갈림길에 섰다. 곧바로 다음 시술에 돌입할지, 잠시 쉬어 갈지 고민하는 나에게 그녀가 들려 준 이야기는 현명했다.

"논농사를 짓다 보면 밭을 다 태울 때가 있대. 더는 곡식이 잘 자라지 않을 정도로 불모지가 됐을 때 쉬어 가는 방식인 거지. 그러면 그다음 주기에는 놀랍게도 태운 양분이 자양분이 돼서 잘 자란대. 계은아. 지금 너에게도 모든 걸 뒤집어엎고 한 템포 쉬어 가는 시기가 필요한 건 아닐까?"

언니를 대면으로 처음 만난 건 국회에서 열린 난임 정책을 다루는 토론회장에서다. 여덟 명의 오픈 채팅방 성원 가운데 나를 포함해 세 명이 여의도에 모였다. 그녀는 오로지 난임 지원 정책 확대라는 공동의 목표를 위해 순천에서 340km를 달려왔다.

그런데 그 뒤 언니는 점차 시술로부터 초연해지기 시작했다. 시술에 몰두하느라 그동안 소홀했던 자신을 돌보는 데 집중했다. 그러면서도 오픈 채팅방 원년 구성원들이 임신 혹은 좌절 끝에 모두 떠난 공간에서 끊임없이 난임의 세계에 진입하는 사람들을 맞이하며 방장으로 자리를 지켰다. 그녀는 더 이상 다른 사람의 임신 소식에 마음을 다치는 나 같은 사람이 아니었다. 자신의 고통을 대상화하는 경지에 도달했다. 어떻게 그럴 수 있을까.

난임 시술을 중단한 2년 남짓의 시간 동안 힘들지 않았냐는 뒤늦은 질문에 언니는 말했다.

"난 우선 그냥 너무 좋았어. 내가 하고픈 운동도 하고 놀고 여행 가고! 누군가 아이 얘기를 해도 '안 생겨서요'라고 웃으며 답할 수 있었어. '아이 없이 살면 어쩔 수 없지'라는 생각은 했지만, 한편으론 마음속 깊이 내가 마음만 먹으면 생길 거라는 생각을 했던 것 같아."

마음을 내려놓는 초연함을 유지하면서도 근본적으로 희망적인 태도의 소유자였나.

얼마 전 다녀온 가족여행에서 가장 좋았던 건 언니와 그의 가족을 만난 일이다. 여행지를 여수로 잡은 이유 중 하나가 여수와 가까운 순천에 A 언니가 살기 때문이었다. 언니는 지금 두 살의 예쁜 여자아기를 키우고 있다.

오픈 채팅방에서 언니를 따르고 의지한 터라 실제로는 첫 만남이었지만 어색하지 않고 반가웠다. 임신과 출산에서 우린 공통점이 많았다. 한때 같은 병원에 다녔고 유산을 겪은 횟수와 성공한 회차의 최종적인 시술 횟수도 엇비슷했다. 워킹맘인 언니에게는 돌이 지난 아이를 키우는 엄마들에게 비칠 법한 그늘이나 피로한 기색이 없었다. 그녀에게서 2년 전 나의 모습이 보였다. 정신없는 하루하루를 보내면서도, 아이에게 에너지를 쏟고도 들떠 있는 열정적인 모습.

길고 어두운 터널을 지나 그토록 원한 '아이 있는 삶'을 이루고 만났다며 얼싸안고 감격할 새는 없었다. 현실은 두 살과 네 살배기 아기를 사이에 두고 먹는 밥인지라, 밥이 입으로 들어가는지 코로 들어가는지 몰랐다. 이어진 자리에서도 아기들은 카페 음료 잔을 엎거나 앙앙 울질 않나, 우당탕탕의 연속이었다. 하고 싶은 말은 넘쳐났지만, 아기들의 상태가 따라 주질 않아서 다음을 기약하며 헤어졌다. 아쉬움과 여운이 남는 짧은 만남이었다. 숙소에 돌아와 술한 잔 마시며 떠올렸다. 언니를 비롯한 세 가족이 행복해 보여서 기분 좋다고. '남이 행복해 보여서 기분 좋은 건 참 좋은 감정이구나'라고 새삼 느꼈다.

예전에 언니는 종종 말했다. "우리가 지금 아이를 가지려 하는 건 우리 부부가 행복해서이지, 아이가 생겨서 행복하려는 게 아니"라고, 마음이 무너질 때마다 다짐하듯 이야기했다. 나는 그 당시 전자와 후자가 무엇이 다른지 이해하기 어려웠지만, 언니의 그 말이 그냥 좋았다. 정확히는 그 말을 하는 마음가짐이. 잇따른 실패로 자기연민에 빠진 나와 달리 아이를 기다리는 마음이 한결같이 착한 사람이었다. 그 말을 마음에 품고 아이를 기다리는 언니의 마음을 좋아했다. 끝내 아이를 품지 못했더라도, 어떤 상황이든 행복하게 살아갈 사람이었을 테지. 나는 미처 도달하지 못한 경지다.

"고통을 함께하는 인간끼리는 행복하다"* 라는 김승옥의 말을 인생의 한 시절에 같은 어려움을 겪는 사람들과 부대끼며 어렴풋이 이해할 수 있었다. 힘든 한 시절이 지나고 이제는 서로의 행운을 빌며 가끔 오래 보는 관계를 맺는다는 것, 아이러니하게도 난임이 준 기쁨이다.

---

* 　김승옥, 《뜬 세상에 살기에》, 예담, 2017, 137쪽.

4

나는 여전히

부모가 되고 싶은 욕구

연예인 이효리는 어느 인터뷰에서 자녀를 키우고 싶은 마음을 이렇게 표현했다. "나는 그동안 내가 너무 중요한 삶을 살았다. 아이를 키우면서 뭔가를 위해 내가 없어지는 그런 경험을 너무 해 보고 싶었다."[*] 그녀의 말은 생에서 어떤 경지에 이른 사람이 할 수 있는 성찰이자 고민이다. 타자를 돌보고 싶은 마음이야말로, 누군가를 아기로 삼고 싶은 욕구야말로 인간이 할 수 있는 성장에 관한 욕구 아닌가. 마음 깊이 공감했다. 나 역시 그녀처럼 '부모됨'이라는 부자연스러운 일에 밤낮없이 매진하는 경험을 원했다. 자식 때문에 행복하든 불행하든, 그로부터 파생되는 감정을 모조리 느끼고 싶었다.

출산 후 여성의 몸에는 아기의 세포가 한동안 남아 있다

[*] 〈떡볶이집 그 오빠〉, MBC에브리원, 2022년 5월 31일.

고 한다. 엄마와 아이는 한때 몸의 일부였던 존재가 모체를 떠난다고 해서 그 즉시 분리될 수 없는 관계인 셈이다. 사랑에 빠질 때 '너는 나'라는 일체감을 느끼는 것처럼, 사람이 누군가를 사랑할 때 그 대상을 '자신의 일부'처럼 여기는 사랑의 원형이 엄마와 자녀 간의 생물학적인 특성에서 비롯한 건 아닐까.

"누군가를 도와준다는 건 생물이 하는 일 중에 가장 부자연스러운 일이지만, 부모가 된다는 건 평생 그 일을 한다는 거야"* 보노보노의 대사처럼 자신이 아닌 누군가를 위해서 희생하는 일은 퍽 부자연스럽고 비합리적이다. 부모는 그 부자연스러운 일을 평생 하는 존재라는 점에서 무게감을 가진다. 뇌과학자에 따르면, 타인에 대한 사랑과 헌신이 가능한 이유는 '나'라는 영역이 확장됐기 때문이라고 한다. 뇌는 사랑하는 대상을 나로 인식하고, 그는 나의 일부이기 때문에 그를 위한 희생이 가능하다는 것. 사랑을 겪으며 우리는 알게 된다. 나를 위하는 것이 사실은 상대를 위하는 일이고 상대를 위하는 것이 결국 나를 위하는 일임을. 사랑을 경험하며 우리는 비로소 나라는 영역을 확장한다. 이로부터 '부자연스러운' 행위를 우리는 '사랑'이라고 명명한다.

* 이가라시 미키오, 박소현 옮김, 《보노보노 명언집 (상)》, 거북이북스, 2019, 96쪽.

사랑은 사랑하는 대상을 아기로 삼는 것이라는 말을 들었을 때, 나는 그만 마음이 몽글몽글해졌다. 진정한 사랑의 속성이란 조건이 아니라 대상의 존재 그 자체가 목적이 된다는 말로 들렸다. 우리가 아기에게 바라는 것은 그저 잘 먹고 잘 자고 행복한 상태로 성장하는 것이다. 예전에 이유식을 잘 받아먹는 우리 집 아기를 보고 내가 굉장히 흡족해하자, 그걸 지켜보던 후배가 다소 시니컬하게 말했다. "저렇게 아기들은 먹고 싸기만 해도 그 자체로 사랑을 받는데…(왜 나는 사랑받지 못하는가)."

예쁜 우리 아기 미모를 감상하다 말고 왜 본인 주제로 돌변해서 신세 한탄을 하는지 모르겠지만, 사실 그건 본능적인 욕구라는 생각이 들었다. 그 후배의 진심은 '누군가로부터 조건 없는 사랑을 받고 싶다'는 뜻일 테니. 반대로 상대가 나의 필요에 대한 어떤 조건을 충족하기를 바라는 마음은 진정한 사랑이 아닐지 모른다.

"사랑은 사랑하고 있는 자의 생명과 성장에 대한 우리의 적극적 관심이다."[**]

따라서 아이를 갖고 싶은 가장 큰 이유는 새로운 관계에 대한 욕망이기도 했다. 부모-자식이라는 새로운 관계를 맺

[**] 에리히 프롬, 황문수 옮김, 《사랑의 기술》, 문예출판사, 2006, 47쪽.

고 싶다는 결론을 내렸다. 한 존재의 탄생이라는 경이로운 기적을 경험하고 그를 온전히 책임지는 것, 돌보고 싶은 마음, 한 존재를 키우고 그로 인해 나 역시 전혀 다른 존재가 되는 확장의 경험. 환상일지 모르지만, 아이를 통해 새로운 삶을 살 수 있다는 기대감을 가졌다. 새로운 관계, 새로운 삶에 대한 열망이다.

긴 기다림 끝에 '마침내' 정상적으로 아이를 품었을 때 만삭이던 시절, 그러니까 아직 태아가 내 몸으로부터 분리조차 안 된 존재였음에도 나는 "자녀는 철저하게 타인이며 특별히 친한 타인"[*]이라는 말을 되새기기 시작했다. 우연히 마주친 책 속의 이 구절은 이를테면, 부모와 자식 관계는 자식이 교도소를 출소한 날, 그에게 아무것도 묻지 않고 집으로 데려와 좋아하는 음식을 만들어 주는 관계라는 뜻이었고, 나는 이 관계가 퍽 멋지게 느껴졌다. 아무런 조건 없이 부자연스럽게, 헌신하고 돌보면서도 '친밀한 타인'으로 머무는 관계라니. 지금도 때때로 잠든 아이를 보며 생각한다. '나는 이 아이와 어떤 관계가 될까.'

[*]   소노 아야코, 김욱 옮김, 《약간의 거리를 둔다》, 책읽는고양이, 2016, 122쪽.

헬조선에서 부모가 된다는 것은

아끼는 후배가 결혼 소식을 전했다. 갓 나온 따끈한 청첩장을 만지작거리며 조심스레 물었다.

"아이는 가질 거야?"

나보다 한 살 어린 서른다섯, 의료계에서 정한 기준으로 내년이면 노산에 속하는 나이여서 내심 걱정이 됐는지도. 그녀는 단칼에 대답했다.

"안 낳을 거예요."

순간 '너 그러다 나중에 후회한다'는 말이 자동반사적으로 튀어나오려는 걸 간신히 붙잡고 이유를 물었다.

"이런 사회에서 아이를 키우기 싫어요. 만약에 아이가 학교에 다녀와서 '엄마! 친구가 해외여행 다녀왔대요' 이야기하면 뭐라고 하죠? 그런 상황 자체를 만들고 싶지 않아요."

그녀는 인터넷 커뮤니티에 수기적으로 올라오는 '흙수저가 아이를 낳으면 안 되는 이유.jpg'와 같은, 어딘가에서 본

글들의 레퍼토리를 읊고 있었다. 소위 가족주의와 능력주의가 결합한 담론이다. 아이는 사회가 아니라 오롯이 부모가 모든 책임을 감당해야 한다는 것, 그리고 아이에게 가난을 대물림하지 말 것을 강조하는 인식이다. 아이를 낳지 않으면 행복해지지 않는다는 과거의 낡은 통념은 사회경제적 변화에 따라 도태되는 중이다. 이제는 '대책 없이 임신하지 않는 것'이 대세가 됐다.

그렇다면 이런 사회에서 나는 왜 자식을 낳았는가? 난임이라는 경험이 나에게 부여한 성찰 중 하나는 아이를 기다리면서 이 질문을 할 기회가 수도 없이 많았다는 점이다. 유산을 반복하면서, 고액의 시술에 실패할 때마다 '무엇을 위해 이 힘든 과정을 멈추지 못하고 반복하는 걸까?' 근본적인 질문을 떠올릴 수밖에 없었다. 나는 왜 엄마가 되고 싶은지. 고민 끝에 부모-자식이라는 새로운 관계를 맺고 싶다는 결론을 내렸다.

하지만 경쟁이 심해지는 사회에서 사람들은 경제적으로 부족하게 아이를 키우고 싶지 않아 한다. 이를 두고 어느 아동심리 전문가는 "그럼 부자들의 자식은 다 행복해야 하는데 과연 그럴까요?"라고 반문했다지만, 자본주의 사회에서 이 문제에서 벗어날 수 있는 사람은 그 누구도 없다는 것이 유일한 진실이다. 우리가 사는 사회가 자본주의 사회이기 때문에, 이 사회의 모순으로부터 빚어지는 소외와 불안을 겪으며 사는 사람이 마찬가지로 자녀에게 대물림하고 싶지 않다는 것 역시 합리적인 생각이기에.

그렇다면 무엇이 문제일까? '가족'은 강하고 '국가'는 약한 우리 사회에서 가족 중심의 생존 및 방식이 가족주의를 넘어서 가족이기주의, '내 새끼 지상주의'가 되고 배타적 생존 방식으로 심화·발전한다. 결국 강한 것만이 살아남는다는 논리를 답습할 수밖에 없다.

하지만 상황은 끊임없이 변화하며 예상을 벗어나고, 마음 역시 하루가 다르게 유동적이다. 지금은 아니라도 언제 아이를 가지고 싶다고 느낄지 알 수 없는 일이다. 바로 과거의 내 이야기. 그렇다고 '그러다 후회해'라며 불안과 공포를 자극하는 말을 할 수는 없었다. 나는 다만 후배에게 간단한 피검사로 난자예비력 수치를 알 수 있으니 시간 날 때 한번 받아 보라고 말했다. 최대한 말을 아낀다고 아꼈지만, '그래도 아이는 가져야지' 생각하는 꼰대로 보였으려나?

완벽한 아이 팔아요

내가 난임 클리닉의 보조생식기술에 의존한 건 순전히 아이를 낳기 위한 목적이었다. 하지만 돌이켜 보니 아이를 갖고 싶은 욕망에서 시작한 행위가 의도치 않게 사회에 존재하는 정상성의 기준을 강화하는 방향으로 작동했음을 깨달은 순간이 있었다.

아기를 갖겠다는 일념 아래 나는 배란유도제 복용, 자궁내 정자 주입술(인공수정), 체외수정에 이르기까지 정교한 난임 치료의 과정으로 차근차근 단계를 밟아 나갔다. 하지만 자꾸만 착상에 실패하거나 착상되더라도 곧 유산하는 변수가 생겼다. 그래서 당시 새롭게 주목받은 PGS 시술을 선택했다. 이유는 간단하다. 유산할 위험성이 있는 배아를 가려내고 착상 확률이 높은 배아를 '골라서' 넣을 수 있다기에.

그림책 《완벽한 아이 팔아요》에는 '아이 마트'에서 완벽한 아이를 고르는 부부가 등장한다. 부부가 고른 완벽한 아이는 '아이답게' 실수하거나 떼쓰는 법이 없다. 어떤 상황에서도 미소를 잃지 않고 사랑스러움을 유지하며 부모를 흡족하게 한다. 그러다 부모의 실수로 아이가 크게 분노하는데, 부모는 실망한 나머지 AS 받으러 판매처를 찾는다. 수리하는 데 며칠 걸린다는 말에 "아이가 보고 싶으면 어쩌죠?"라며 부모가 망설이는 사이, 아이는 판매원에게 묻는다.

"혹시 부모도 바꿀 수 있나요?"[*]

나는 이 그림책이 우월한 유전자의 난자와 정자 매매, 대리모 등 나날이 번창하는 생식 산업의 디스토피아를 보여주는 것 같아 섬뜩했다.

우리는 5일 배양으로 발달한 포배기 배아 중 세포분열 상태가 가장 좋아 보이는 배아 9개를 검사 보냈다. 수정란은 10개가 넘었지만 9개를 보낸 까닭은 순전히 비용 때문으로, 개당 검사 비용은 25만 원이었다. 배아 가운데 PGS 시술을 통과한 수정란은 3개에 불과했다. 통과하지 못한 6개 배아는 각각 결함을 가지고 있었다. 뜨악했다. 이것을 내 자궁에 주입했다면 또다시 유산이 됐을까, 아니면 도태되지

---

[*]　미카엘 에스코피에, 박선주 옮김, 《완벽한 아이 팔아요》, 길벗스쿨, 2017.

않고 살아남아서 장애가 있는 아이를 출산했을까. 그때 느낀 최초의 감정은 안도감이었고, 역시나 PGS 하길 잘했다는 생각뿐이었다.

여러 차례 계류유산을 반복할 때마다 의사들은 과학적 사실을 위로인 양 건넸는데, 태아가 성숙하는 과정에서 기형이 있으면 스스로 도태하기 때문에 엄마 탓이 아니라는 것이었다. 이 말의 이면에는 '태어나면 안 될 아이였으니 차라리 잘된 일'이라는 전제가 깔려 있다. 유산이라는 자신의 불운을 애도하는 데 이 말은 큰 도움이 되지 않았다. 오히려 더 큰 불운이 생기지 않음을 안도해야 하는 것처럼 여기는 분위기였다.

나는 공교롭게도 PGS 검사를 통과해 선별된 배아를 이식하지 못했다. 신선이식 차수를 날리기 아까워 이식한 배아 한 개는 안정적으로 착상해서 지금 우리 곁의 은호가 됐다. PGS 비용으로 수백만 원을 썼지만, 결과적으로는 검사를 보내지 않은 단 하나의 배아가 착상하고 출산까지 이어진 것이다. 예측과 다른 놀라운 일이다.

그러다 임신 17주 산전 검사에서 기형 가능성을 판독하는 포괄적인 검사를 받았는데 충격적인 결과가 나왔다. 다운증후군에 대한 고위험군이 떴다. 기겁했다. 역시나 한 달 더 기다렸다가 PGS 검사를 통과한 배아를 이식했어야 했나, 뒤늦게 후회가 막심했다. 다운증후군 판정이 아닌 '고위험군'만으로 공포와 불안에 휩싸였다. 다운증후군 판정을 받았을 때 임신중단을 할 수 있는지 검색했다. 한국에서 다운증후군은 정당한 임신중단의 사유가 되지 않았다. 산전검사를 의무처럼 해 놓고 막상 선택의 권한은 없다는 점에서 지독히 모순적이라 느꼈다.

산전 기형아 검사는 장애가 있는 몸을 선별함으로써 노골적인 장애 혐오를 전제하고 있었다. 하지만 막상 나의 일로 닥치니 윤리적인 판단을 유지하기 어려웠다. 결국 나는 값비싼 기형아 검사를 감행하며 아이의 장애 유무를 명확히 판독하려 했다. 검사상 이상 소견은 없었다. 밀려드는 안도감과 함께 한동안 자기혐오에 시달렸다.

최근 들어 장애아동이 늘어나는 이유로 어떤 사람들은 '고령 임신'이나 '시험관 시술'을 꼽는다. 여기에는 장애와 여성에 대한 혐오가 뒤섞여 있다. 이기적인 여자가 임신과 출산을 지연시킨 대가로 난임을 겪거나 장애가 있는 아이를 낳는 형벌을 받는다는 메시지. 그러나 자폐증과 같은 발달장애가 늘어나는 가장 큰 이유는 고령 임신이 아니라 장애를 진단하는 사회의 감수성이 높아진 결과다. 한편 주지될 만한 사실은 발달장애는 산전 검사로 '걸러지지' 않는다는 점이다. 다만 사람들이 점차 고가의 산전 검사를 필수적으로 받는 까닭은 의료 산업이 공포를 개발하고 불안을 상업화하기 때문이다. 난임으로 체외수정을 경험하면서 나도 모르는 사이에 우생학적인 논리에 깊숙이 개입했다. 다운 증후군 고위험군으로 판독됐을 때 감당 못할 감정이 솟구친 기억이 여전히 죄책감으로 남아 있다.

우생학적 논리는 자녀의 문제에 그치지 않는다. 우리는 여전히 어떤 사람이 부모가 돼야 하고 누구는 되지 말아야 하는지에 관한 기준을 노골적으로 드러내기도 한다. 1970년대 미국은 미혼모에게서 아기를 강제 입양시키는 데 국가가 조직적으로 관여했다. 최근에는 청소년 부모를 다룬 예능 프로그램 〈고딩엄빠〉를 보며 '부모 자격'을 논하곤 한다. 이 자격을 유심히 들여다보면, 가부장적이고 계급 차별적인 규범이 반영돼 있다. 사회에서 가난하고 비주류이거나, 장애가 있는 사람은 아이를 낳아서는 안 되는 존재로 간주한다. 결국 자녀가 될 수 있는 존재와 부모가 될 수 있는 존재는 이 사회에서 선별적이다. 결국 완벽한 아이를 완벽한 부모만이 키울 수 있다고 여기는 정상가족 이데올로기는 생식 기술의 발달과 함께 더욱 강화되고 있다.

입양이라는 선택지

"그렇게까지 하고 싶어요? 아이가 안 생기면 포기하고 입양하든지 개나 고양이를 키워요."

난임 당사자에게 해서는 안 될 말 가운데 세 손가락 안에 꼽힐 만하다. 이 말은 난임을 경험하면서 내가 들은 최악의 충고이자 비난 중 하나다. 인터넷 커뮤니티에서 익명의 상대와 설전을 벌이다 나온 말로, 나에게 상처가 됐다. 이 말이 어느 정도 아픈 진실을 내포하기 때문이리라. 난임을 경험하지 않고 자녀를 둔 여성에게 거리감을 느끼고 생태환경에 관심 있는 과거 20대 시절의 나였다면, 위와 마찬가지로 충고를 빙자한 비난을 퍼부었을지도 모른다. 시험관 고차수에 접어들면서 가장 괴로운 것 역시 '이렇게까지 할 일인가'라는 자괴감이었다.

"사지 말고 입양하세요." 반려동물을 키우려는 사람에게 순종견의 상품화 현상을 문제시하며 사회가 권하는 이 말을, 아이를 갖기 위해 많은 자원을 투입하는 난임 당사자에게 적용하는 것이 언뜻 보면 정치적으로 올바르게 느껴질지 모른다. 인간은 자연을 파괴하는데 어째서 지구에 이롭지 않은 인간 동물을 재생산하고자 무수히 많은 자원을 투여하느냐는, 냉정하지만 지당하고 합리적인 일침이다. 어떤 페미니스트와 환경운동가는 재생산의 욕구를 현실에 뒤떨어진 구태의연한 욕망으로 간주하며 '낳지 말고 정 원하면 입양하라'고 말한다. 하지만 '입양은 어때? 아이 대신 개를 키우는 건 어때?'라는 단순한 권유에 담긴 너무나 도구적이고 편리한 이 말은 한편으로 인간에 대한 몰이해의 극치를 보여 준다. 그렇다면 개는 키우기 쉬운가? 마찬가지로 시험관 시도와 입양은 전혀 다른 선택지다. '사이다가 싫으면 콜라를 마셔'라는 말과 동일선상에 놓일 수는 없는 법이다.

물론 입양 부모 중 절반이 넘는 이들이 난임 경험을 가지고 있다. 하지만 나로서는 난임의 결과로 입양을 선택하는 건 장차 난임으로 인한 트라우마를 자극하는 방아쇠로 느껴졌다. 난임 여성에게 입양한 아이는 내가 아이를 낳지 않았음을 처절하게 재확인시키는 존재이기도 하기 때문이다. 나는 입양을 함으로써 도무지 난임으로 생긴 결핍과 상처를 덜어낼 수 있을 것 같지 않았다.《모두의 입양》을 쓴 이설아는 난임 부부가 입양을 고려할 때 난임으로부터 비롯되는 상처를 충분히 애도하는 과정이 선행돼야 한다고 말한다. 입양 후 아이와 애착을 형성하는 과정에서 "사랑스럽고 예쁜 아이들을 내가 낳아주지 못했다는 점에서 슬픔"[*]에 휩싸이기도 하는 법이니까.

그럼에도 사회는 난임 부부에게 너무나 쉽게 입양을 '권한다.' 입양률이 매우 낮은 일본은 이 문제를 해결(?)하는 방안의 하나로 난임 클리닉을 방문한 환자에게 입양부터 권할 것을 메뉴얼화했다고 한다. 나는 이 정책이야말로 사회가 난임 부부의 고통을 가볍게 소비하고 도구화하는 대표적인 발상이라고 생각한다. 입양이야말로 간단히 홍보물로 권할 수 있는 선택지가 돼서는 안 된다. 국가가 난임 부부에게 입양의 밝은 면만을 드러내며 홍보하는 방식은 신중하지 못한 선택을 유발할 수 있다.

나 역시 입양이라는 선택지를 오랫동안 고민했다. 그토록 기다리던 아이 은호를 낳고 나서 우리 부부는 둘째 아이 입양을 고려했다. 결혼 초기 우리가 그린 가족계획은 첫째 아이는 출산, 둘째 아이는 입양이었다. 하지만 은호가 네 살이 될 때까지 고민은 연장됐다.

[*]   이설아,《모두의 입양》, 생각비행, 2022, 66쪽.

결과적으로 입양은 무수한 검열 끝에 현재로서는 중도 포기한 선택지가 됐다. 어떤 상황에서든 '조건 없는' 사랑을 베풀 수 있을지 확신하기 어려웠다. 은호를 키우면서 "좋은 부모'는 없대. 부모는 아이를 사랑하고 보호하면 된대'라는 내가 믿는 이 말이 입양에서는 '좋은 부모여야 한다'라는 강박으로 바뀌었다. 입양을 둘러싸고 어느 순간 자라난 내 안의 까다로운 기준에 죄책감을 느꼈다. "그들은 헌신적 가족 이미지를 셀카로 담으려고 입양했다."[*] 양천구 아동학대 사망 사건을 두고 쓴 이 한 문장을 보며 과연 내 안에 이런 유혹이 없는지 검열했다. 아이를 키우면서 생겨날 수많은 변수를 과연 아이와 상황을 탓하지 않고 오롯이 감당할 수 있을까. 입양을 떠올렸던 처음의 마음은 예전 같지 않은 체력과 마찬가지로 어딘가 변색해 있었다. 과거에 입양의 밝은 면만을 보았다면 비로소 어두운 면이 보였다. 그건 입양할 대상에 대한 공포라기보다는, 나의 불완전함에 대한 근원적인 불안과 연결되어 있었다.

[*]   김곡, 《과잉존재》, 한겨레출판, 2021, 100쪽.

누가 버지니아 울프를 두려워하랴?

에드워드 올비의 난해한 부조리극《누가 버지니아 울프를
두려워하랴?》의 주인공은 아이 없는 부부 마사와 조지다.
극에서 부부는 초대한 손님들을 앞에 두고 자기혐오로 범
벅된 추태와 기행을 벌이는데, 비극의 시작은 '아이 없는
삶'에서 비롯된다. 마지막 '3막 귀신쫓기'에서 귀신은 가상
의 아들, 스물한 살 생일을 하루 앞둔 '짐'의 비유다. 부부는
손님들 앞에서 허구의 아들에 관해 이야기하며 태연히 거
짓말을 늘어놓는다. 태어났을 때 검고 섬세하던 아이의 머
릿결이 나중에 금빛으로 찰랑거렸다는 묘사를 시작으로 부
부의 회고는 점차 구체적으로 된다. 짐의 엄마 마사는 아이
의 침대가 나무로 만들어졌는데 나중에는 계속해서 손으로
붙잡은 나머지 다 닳아 버렸다는 일화, 아이가 아플 때 어
누운 방 한쪽 구석에서 수전자가 빛을 내며 끓던 기억, 토
요일에는 아이에게 바나나 간식으로 이쑤시개를 활용해 정

교한 장난감 배를 만들어 준 이야기를 들뜬 상태로 생생하게 묘사한 뒤 희미하게 미소 지으며 아들을 떠올린다. "예쁘고, 똑똑하고, 완벽했어."* 그들이 꿈꾸고 열망했지만 절대로 오지 않은 미래를 이토록 구체적으로 상상하는 대목에서는 먹먹함으로 참을 수 없는 기분이 됐다. 나 역시 첫 번째 유산 후 해마다 아이의 나이를 세며 지금쯤 어떻게 자랐을지 꽤 구체적으로 상상했기 때문이다.

하지만 3막의 제목이 귀신쫓기인 것처럼 남편 조지는 '마침내' 아들 짐을 쫓아내며 부부의 은밀한 놀이를 끝낼 것을 홀로 결심한다. "우리 아들은 마음속 깊은 곳에서 태어난 걸 후회하고 있었지…."** 가상의 아들을 죽이기로 결심하고 마사에게 돌연 아들의 죽음을 통보한다. 마사는 절규한다. "너 혼자 이런 일들을 정하게 놔둘 수 없어! 그 애를 죽게 놔두면 안 돼!"***

'아들 키우기 놀이'는 아이를 갖지 못해 상실감에 시달리는 부부가 고안한 은밀한 약속이자 놀이였다. 끝내 이룰 수 없는 꿈에 대한 애도이기도 했다. 보통 사람들은 이들의 모

* 에드워드 올비, 강유나 옮김, 《누가 버지니아 울프를 두려워하라?》, 민음사, 2010, 179쪽.
** 위와 같음, 182쪽.
*** 위와 같음, 187쪽.

습에서 기괴함을 느낄지 모른다. 원하는 것을 갖지 못한 결과 파멸하며 미쳐 버리고 만 사람들로 보이거나. 하지만 나에게 에드워드 올비의 희곡은 지나치게 몰입력 있었다. 마사와 조지가 결코 광기 어리게 느껴지지 않았다. 다만 자신이 원하는 것에서 자신을 지키지 못한 서글픈 두 사람의 이야기였다. 때로 우리의 욕망과 희망은 우리 자신을 갉아먹곤 하며, 욕망에 도달하지 못한 자신의 상태를 부정하고 비관하는 연료로 쓰이기도 한다. 마사와 조지의 이야기는 어떤 면에서 우리 부부에게 운이 따라 주지 않았다면 가까운 미래가 됐을지도 모르는, 가까운 이야기였다.

삶의 이정표가 되었을 아이의 존재를 갈망하며 마사가 말하는 대목은 그들이 이 은밀한 놀이를 시작한 이유를 보여 준다.

"사악하고 잔인한 결혼 생활의 수렁 속에서 난 오직 걔 하나는 보호하고 키우고 싶었어. 이 모든 칠흑 같은 절망 속에서 단 하나의 빛이었던 우리 아들."****

하지만 조지가 "파티는 끝났어"*****라며 파티의 파장을 선언하자, 파티에 참여한 손님 닉이 조심스럽게 묻는다.

**** 위와 같음, 183쪽.
***** 위와 같음, 190쪽.

"전혀 가질 수 없었⋯나요?"*

조지와 마사는 파티가 시작된 이래 가장 명료하게 정신을 차린 듯한 기색으로 은밀한 진실을 털어놓는다.

"(서로 통하는 느낌으로) 전혀."**

작가 올비는 생후 14일 만에 입양돼 성인이 되던 스무 살에 양부모와 결별했다. 그로부터 17년 후 양어머니와 힘겹게 재회하고, 30여 년이 지나 66세에는 양어머니를 모델로 한 연극 〈세 여자〉를 발표하며 한평생 불화한 어머니와 비로소 화해했음을 상징적으로 드러낸다. 올비는 생명력 넘치고 지배력 강한 여성으로서의 어머니를 구현했다고 밝혔는데, 이 짧은 설명에서 《누가 버지니아 울프를 두려워하랴?》의 주인공 마사가 연상됐다. 마사와 조지가 키운 허구의 아들 짐은 어쩌면 입양된 올비 자신이기도 할 것이다. 난임으로 고통받은 끝에 희망을 꿈꾸며 아이를 입양했을 올비의 양부모, 하지만 기대와 달리 결국 양아들을 품지 못하고 20년 만에 떠나보낸 그들. 극 중의 짐 역시 스물한 살 생일을 하루 앞두고 아버지 조지로부터 상징적인 죽임을 당한다. 올비 역시 스무 살에 부모와 결별했는데 사실상 파양인 셈이다.

* 위와 같음, 191쪽.
** 위와 같음.

극에서 부부는 원하는 사회적 지위를 획득하지 못한 결핍과 실패감에 젖어 있다. 조지와 마사는 사회적 성취에 실패한 열패감을 불임과 결부했을까? 어쩌면 진부한 서사다. 페미니스트 작가로 추앙받는 버지니아 울프마저도 여성이 결혼하고 아이를 가져야 한다는 보편적인 명제에 시달렸다. "스물아홉인데 아직 미혼이라니, 실패야. 아이도 없고, 게다가 정신병자에, 작가도 아니고."*** 그녀조차 여성에게 기대하는 사회적 각본, '결혼하고 아이 있는 삶'을 성취하지 못한 자신의 처지를 실패로 규정했다.

희곡의 제목 '누가 버지니아 울프를 두려워하랴?'는 디즈니 만화영화 〈아기 돼지 삼 형제〉에서 언제 덮칠지 모르는 늑대를 두고 짐짓 허세를 떨며 부르는 노래 "누가 크고 나쁜 늑대를 두려워하랴?"를 패러디했다. 아기 돼지들은 노래를 부르며 의기양양해하다가도 늑대의 기척이 비칠라치면 태도가 급변해 벌벌 떨며 두려워한다. 극 중 인물들은 원곡의 늑대를 '버지니아 울프'로 바꿔 부르는데 극의 마지막, 조지의 노래 '누가 두려워하랴, 버지니아 울프'에 마사가 답한다.

*** 세라 그리스트우드, 심혜경 옮김, 《비타와 버지니아》, 뮤진트리, 2020, 75쪽.

"내가…두려워해…조지…."*

그 뒤 긴 침묵이 이어지고 막이 내린다. 극이 펼쳐지는 동안 부부는 허세와 자기혐오, 상대를 물어뜯는 비난과 조롱의 말 잔치를 이어가지만 그건 모두 회피성 태도고, 결국에는 부조리를 직면한다. 부부의 오래된 놀이인 가상의 아들 키우기를 끝내고 극에서 내내 외치는 장난 섞인 질문에 '두려움'이라는 정직한 답을 하는 것으로.

마침내 내가 임신에 성공한 해에 방영한 드라마의 주인공은 시험관 시술에 연달아 실패한 여성이다. 당시 공영방송에서 방영하는 일일드라마로는 난임 당사자가 주인공으로 등장하는 것만으로도 파격적인 설정이었다. 주인공의 배우자는 하룻밤의 실수(?)로 다른 여자를 임신시키는데, 적반하장으로 "이 아이 포기 못하겠다"라고 선언, 난임인 주인공에게 치사한 결별을 고하며 본격적인 갈등이 시작된다. 드라마는 여주인공이 새로운 파트너와 관계에서 아이 둘을 입양하면서 훈훈하게(?) 마무리되는데, 나로서는 치욕적인 결말이었다. 결말에 세상 사람들이 난임인에게 기대하는 바가 응축돼 있었다. '아이가 안 생기면 입양하지 그래.'

*　에드워드 올비, 강유나 옮김, 앞의 책, 193쪽.

난임 당사자 캐릭터는 이처럼 미디어에서 간편한 대상처럼 납작하게 재현된다. 난임을 겪지 않은 보통의 사람들이 난임 당사자에게 바라는 이미지를 투영하며, 그들의 고통은 단순히 모성의 상실감에서 오는 고통으로 대상화된다. 결론적으로 당사자의 처지에서《누가 버지니아 울프를 두려워하랴?》는 그 어떤 미화 혹은 타자화 없이 불임의 고통을 핍진하게 그려낸 보기 드문 수작이다.

제왕절개와 분유 수유의 괴로움

여러 차례 시험관 시술 끝에 가까스로 임신한 후 나의 바람은 그것으로 멈추지 않았다. 다음의 희망 사항은 자연분만과 모유 수유였다. 임신과 출산에 관해 사회가 부추기는 여러 욕망의 공통점은 '자연스러움'을 강조한다는 데 있다. (보조생식기술을 통하지 않고) 자연스럽게 임신하고, (수술적 방법이 아닌) 자연스럽게 출산할 것, 아기에게 (분유가 아닌) 모체에서 자연적으로 생성되는 모유를 먹일 것….

  이른바 자연임신한 여성은 보조생식기술로 임신한 여성에 대해 우월감을 느끼는 구조다. 사회는 임신과 출산 과정에서 '정상성'을 비껴간 사람을 조롱하거나 타자화한다. 그래서 여전히 난임 당사자는 자신의 시술 이력을 숨기는 경우가 많다. 사회적으로 난임 시술의 경험이 약점처럼 작용하기 때문이다. 예컨대 체외수정 시술의 부작용이자 특징적인 현상으로 다태아 출산이 늘고 있는데, 다태아를 출산한 여성은 "시술로 낳았어요?"라는 질문을 받기 일쑤다. "그렇다"라고 대답하면 상대방은 '그럴 줄 알았다'는 표정을 짓는다. 반대로 자연임신으로 다태아를 낳았다고 말하면, 상대방은 더 크게 놀라워하고 좀 더 진심 어린 축하를 건네는 식이다. 은연중에 '자연스러운 임신'은 하나의 권력으로 작동한다. 나 역시 그것에서 벗어나지 못했다.

어쨌거나 나는 첫 단추를 잘못 끼웠으니(?) 남은 두 개의 단추나마 자연스럽게 끼우길 희망하며, 임신기에 자연분만을 촉진한다는 요가로 '홈트'를 하고 순산을 촉진한다는 허브차를 매일 마셨다. 자연분만을 선호한 이유는 간단하다. 자연분만이 상대적으로 아기와 모체에 좋다는 사회적 통념과 그걸 뒷받침하는 과학적 통계 때문이었다. 사회는, 과학은, 통념은 자연분만을 찬양했다. 이를테면 자연분만 과정에서 아기가 모체의 질 속에 있는 유산균으로 온몸을 도포하는 '유산균 샤워'를 하게 되면 제왕절개로 태어난 아기보다 1.5배 정도 건강하다는 통계. 그래서 고가의 질유산균 영양제를 열심히 챙겼다. 기왕이면 1.5배 건강한 아기를 낳는 게 좋지 않을까. 자연분만이 산모의 회복도 빠르다는 후기역시 일석이조라니, 나로서는 제왕절개를 선택할 이유가 없었다.

출산 예정일이 다가오면서 설렘 반, 두려움 반으로 가진통을 기다렸지만 진통은커녕 골반이 묵직해지는, 소위 아기가 세상 밖으로 나올 준비를 하는 기미조차 보이지 않았다. 결국 유도분만을 두 차례 시도했다. 12시간 만에 진통이 시작됐고, 마침내 분만대로 이동해 척추에 무통 주사를 맞으며 아기를 맞이할 모든 준비를 마치자 돌연 하혈을 시작했다. 긴급히 초음파로 태동을 살피던 심각한 표정의 담당 의사는 응급수술을 권했다. 조기 태반 박리가 의심되는 상황이라고 말했다. 출산 방식을 아메리카노와 카페라떼 중 하나를 고르듯 선택할 수 있다고 믿은 건 순전한 나의 착각이었다. 자연분만이 좋다는 것 역시 어디까지나 안전한 상황에서다. 조금이라도 위험성이 걱정되는 상황에서는 유산균 샤워고 나발이고, 안전이 제일이니.

수술실로 들어가며 허탈함에 웃음이 나왔다. 임신 기간에 내가 마음을 졸이며 매일 검색한 정보는 '자연분만하는 법'과 '자연분만의 순기능' 따위였건만 얼마나 어리석은 생각이었는지. 우습게도 고가의 질유산균을 사 먹은 일이 그 순간 가장 후회됐다. 그게 다 무슨 소용이었을까. 임신까지 순탄치 않았는데 출산 막판까지 조기 태반 박리로 '고위험 임신'으로 분류되다니. 지난한 임신과 출산의 과정이 또다시 나에게 알려준 건 '인생은 뜻대로 되지 않는다'는 진실이었다.

결국 이틀을 거쳐 총 20시간의 유도분만 끝에 제왕절개 수술 여부가 초음파 진료로 5분 만에 결정됐고, 결정된 지 불과 15분 만에 아기가 '건강하게' 태어났다. 그것으로 충분했고 더할 나위 없었다. 아기가 건강히 태어난 걸 확인하자, 출산 방식에 온갖 신경과 에너지를 소비한 스스로가 어리석게 느껴졌다. 하지만 집착은 그 뒤로도 소재를 달리하며 계속됐다.

개복수술 후 몸을 일으켜 신생아실로 향해 아기를 안기까지 하루가 꼬박 걸렸다. 새삼 아기에게 미안함이 솟구쳤다. 이 사회에서 모성은 '미안한 감정'으로 발현되곤 한다. 아기에게 사랑을 느끼고 돌봄의 욕구를 느끼는 것 이전에 '○○을 해 주지 못해서 미안한 감정'으로 죄책감이 유발되곤 한다. 그걸 모성이라고 착각하도록 만드는 구조이기도.

제왕절개의 여파 때문일까, 모유가 잘 나오지 않았다. 그마저도 쥐어짠 초유는 개복수술 후 항생제 복용으로 버려야 했다. 그 좋다는 초유를 먹이지 못한 어미가 된 나는 또 자책할 수밖에. 모유의 양은 쥐꼬리만큼이지만, 젖몸살은 수술 통증보다 심했다.

일수일 뒤 퇴원하고 산후조리원에 갔는데, 그곳은 엄마들의 천국이 아니라 '수유콜' 천국이었다. 세 시간이 멀다

하고 걸려 오는 수유콜에 응하느라 마음 놓고 쉬기 힘들었다. 첫 수유콜이 울리던 날, "잠시만 화장실 들렀다가 갈게요"라는 내 말에 간호사는 짐짓 엄숙한 말투로 충고했다. "산모님이 화장실에 가시면 그동안 아기는 배고프다고 울 텐데요." 변의를 참고 곧장 수유실로 달려갔지만 아기는 내 가슴을 거부했다. 젖만 물리면 앙앙 울어 대며 내 가슴을 거부하고 인공적인 젖을 요구했다. 양쪽의 젖을 번갈아 물리는 산모들 틈바구니에서 영 체면이 서지 않았다. 결국 유축한 모유를 가져가서 공갈 젖병을 물리는 수밖에.

조리원 생활은 수유콜을 기준으로 나뉘었다. 수유콜 전에 두유와 미역국을 양껏 마신 뒤 유축했고, 수유콜이 울리면 유축한 모유를 들고 뛰어가 공갈 젖병에 담아 먹였다. 하지만 나의 생산성, 즉 모유의 양은 처참했다. 16ml로 시작한 모유는 조리원을 퇴소할 때까지 50ml를 넘지 못했다. 한 번에 100ml를 먹는 아기에게 내 모유는 간식, 분유가 주식이었다.

조리원 퇴소 후에도 모유의 양은 60ml를 넘지 않았다. 혼합수유를 계속했다. 산후관리사가 3주간 살림과 육아를 도왔지만, 나는 여전히 분유를 타야 했고 유축을 해야 했다. 아기는 여전히 내 가슴을 거부했다. 분유마다 성분표 마지막에는 같은 문장이 적혀 있었다. "아기에게 최고의 식품은 모유입니다." 또다시 집착이 시작됐다.

검색 끝에 모유 분비를 촉진한다는 가슴 마사지 업체를 찾았다. 마사지사는 100% 모유 수유, 즉 '완모'를 위해서는 아기를 굶겨서라도 젖을 물리라는 엄포를 놓았다. 그는 모유가 얼마나 엄마와 아기에게 좋은지를 찬양하며, 유방암에 걸려서 모유 수유를 원해도 하지 못하는 엄마도 있는데 멀쩡히 모유가 나올 가능성이 있는 상황에서 '아기가 더 건강할 가능성'을 포기할 거냐며 훈계를 늘어놓았다. 지은 죄는 없건만 죄지은 심정으로 마사지사의 가스라이팅을 100% 수용했다. 살면서 별다른 질환 없이 건강했던 내 몸은 유독 재생산 영역에서는 불모지처럼 느껴졌다. 자궁에 이은 '유방의 배신'이었다.

마사지사의 지침에 따라 완모 프로젝트에 돌입, 아기에게 이틀간 혼합수유를 끊고 모유만 주었다. 배고픈 아기는 계속 울어 댔다. 나도 같이 울었다. 그건 분명 아동학대였지만, 마사지사의 영업 전략에 말려든 나는 판단력을 잃고 아기와 함께 울며 이틀을 버텼다. 그 당시 한동안 나의 SNS 계정 프로필 사진은 유방암으로 가슴 절제술을 받기 직전, 나오지 않는 젖이나마 갓난아기에게 물리는 가련한 산모의 사신이었다. 사신 속 산모에게 나를 투영했나. '환사소자 아기에게 모유를 주지 못해 슬퍼하는데, 이건 내 아기를 위한 성스러운 노력이야. 아기야, 조금만 참자.' 결과적으로 아기는 내 가슴을 좋아하게 됐다. 하지만 그 대가였는지 아기의 체중이 줄었다. 경악, 도대체 아기에게 내가 무슨 짓을 한 거야! 정신을 차린 나는 다시 혼합수유를 시작했다. 그 당시 나에게 자연분만과 모유 수유는 일종의 종교였다.

임신과 출산에 관한 낡은 통념은 페미니스트로 정체화한 나조차도 끊임없이 개입하고 괴롭혔다. 그건 사회가 주입한 '정상성'에 대한 욕망이었다. 결국 임신과 출산, 그 뒤 이어진 육아까지 어느 것 하나 나에게 자연스러운 과정은 없었고 우당탕탕의 연속이었다.

누군가는 '자연스럽게' 아기를 가지고 낳고 키운다. 하지만 누군가는 '인위적으로' 같은 과정을 거친다. 자연스러움과 인위적인 과정은 혼재하기도, 끝까지 평행선을 달리기도 한다. 하지만 자연적인 임신이 어려우면 난임 시술의 도움을 받으면 되고, 자연분만이 여의찮으면 제왕절개하면 되고, 모유가 잘 나오지 않으면 분유를 먹이면 될 일이다. 차선책을 택하는 과정에서 괴로워하거나 자책감에 시달릴 필요는 없다. 무엇이 더 좋다고 여기는 사회적 통념에 휘둘릴 필요는 없다.

후자를 선택할 수 있다고 안도하기에는 전자를 '지나치게' 갈망했다. 전자의 기준에 도달할 수 없는 나의 조건을 부정하며 끊임없이 스스로 반목과 불화를 거듭했다. 정상성의 기준에 내 몸을 맞추기 위해 부단히도 사투를 벌였음을, 그 과정이야말로 더욱 부자연스럽고 인위적이었음을 모두 지나고 나서야 보였다.

해피 이벤트

"우리 아이를 갖고 싶어." 남자의 한마디에 사랑의 열정에 빠진 여자는 앞뒤 재지 않고 답한다. "갖게 해 줘." 충동적인 행동에 대한 가차 없는 결과, 임신 테스트기의 '두 개의 선'을 확인하는 것으로 시작하는 영화가 있다. 여성의 임신과 양육을 현실적인 시각으로 접근하는 프랑스 영화 〈해피 이벤트〉*는 성평등 지수가 가장 높다는 프랑스조차 육아는 전적으로 '여성의 몫'이 되는 익숙한 현실을 보여 준다.

　독박육아에 지친 여자는 이혼한 엄마에게 이럴 거면 도대체 왜 자신을 낳았냐고 따져 묻는다. "아빠를 정말 사랑했어. 아빠와 함께할 수 있는 가장 소중한 일이 아이를 갖는 거라 생각했어." 엄마의 대답에 여자는 망연자실한 표정을 짓는다. '아, 나도 그랬었지.' "남자의 행복은 '나는 원한

*　레미 베잔송 감독, 〈해피 이벤트〉, 2013.

다'에 있다. 여자의 행복은 '그가 원한다'에 있다"**라는 차라투스트라의 말이 떠오르는 대목이다.

나 역시 그랬다. 아이를 갖고 싶은 이유는 전적으로 남편에게 있었다. 다른 사람이었어도 내가 이토록 아이를 원했을지 확신할 수 없다. 이렇게 사랑은 재생산의 욕구로 연결되는 것일까. 그렇다면 저출생의 원인은 '사랑 불구의 시대'일 테니 그만 입을 다물어야겠지. 어쨌거나 사랑하는 사람을 닮은 아이를 낳고 싶은 욕구는 점점 더 강렬해졌다. 어느 순간 나는 남편을, 아직 있지도 않은 내 아이의 아버지 되는 사람으로서 얼마나 잘 해낼지에 대해 가늠하곤 했다. 우리에게 아이가 생긴다면, 둘에서 셋이 된다면 좀 더 밀도 있는 관계를 맺으며 서로를 더 깊이 이해할 수 있을 것 같았다. 나에게 재생산의 욕구는 관계의 욕구였다.

〈해피 이벤트〉는 모성(부성)이 본능이 아니라는 점을 설득력 있는 서사로 풀어낸다. 남자와 여자는 엄마와 아빠가 되면서 밤낮없이 울어 대는 아이 탓에 인내심의 한계에 도달한다. 그 과정에서 아이에게 사랑과 증오의 상반된 감정이 동시에 일어나는 혼란에 직면한다. 아이에 대한 절대적 애정과 절대적 희생과의 대면을 통해 자신을 잃고 또다시

** 프리드리히 니체, 장희창 옮김, 《차라투스트라는 이렇게 말했다》, 민음사, 2004, 114쪽.

자신을 찾아가는 과정은 부모가 된다는 것이 삶에서 제2의 성장임을 보여 준다.

혼란스러운 육아로 인한 갈등 끝에 여자와 남자는 한동안 별거의 시간을 가진다. 그리고 영화 초반, 임신 사실을 고백했던 카페에서 재회한다. 출산과 함께 단절됐던 그들의 대화가 다시 시작됐음을 암시하며 한층 성숙해진 여자의 독백으로 영화는 끝난다.

"시간은 모든 걸 해결해 준다. 그래도 남는 건, 그래도 풀리지 않는 건, 그건 인생이다. 그래, 인생이다."

마지막 그녀의 독백에서 더 이상 근거 없는 낙관도 감정적인 비관도 아닌, 내던져진 삶을 있는 그대로 받아들이고 관조하겠다는 태도가 엿보인다. 임신에 이은 출산과 양육의 지난한 과정은 영화의 제목이기도 한 '해피 이벤트'라는 성찰로 귀결된다.

에리히 프롬은 말한다. 어떤 사람이 꽃을 사랑한다고 말하면서도 자신이 기르는 꽃에 물을 주지 않는다면, 그 사람이 진정으로 꽃을 사랑한다고 말할 수 없다고. 부모가 돼 가는 과정 역시 마찬가지다. 부모됨의 조건을 자식에게 어떻게 자신의 시간과 에너지를 쏟아붓느냐로 판단하듯이, 부모와 자식 관계는 철저히 정직한 물성에 기반한다. 아기에게 들인 시간과 노동은 존재를 더 세심히 관찰하고 더 잘 이해하며 더 깊은 사랑에 빠지는 조건이 된다.

따라서 아기와 부모가 안정적으로 애착을 형성하는 데 가장 중요한 것은 매일매일 사랑한다고 이야기하고 잠들기 전 안아주기와 같은 스킨십, 즉 책으로 배울 수 있는 것이 아니었다. 바로 '알아차리는 것'이었다. 말하지 못하는 아기가 울음으로 의사를 표현할 때 무엇을 원하는지 알아차릴 수 있는 능력, 그것은 수일간의 아기를 향한 집중과 노동을 통해 만들어졌다.

둘이 걷던 길을 이제는 셋이 걷는다. 아기를 사이에 두고 셋이 나란히 걸으며 생각한다. 세상 부러울 게 없다고. 하지만 그 생각도 잠시, 아이의 손을 잡고 걸으며 또다시 생각한다. 아이를 재우고 난 뒤 야식으로 무엇을 먹을지. 아기는 예쁘고 사랑스럽지만, 아기와 함께하는 시간은 권태로운 동시에 다른 생각들로 산만하다. 아마도 나는 이런 소소한 충돌이 계속되는 삶을 갈구해 온 것이겠지, 나의 해피 이벤트.

엄마 연습

밤에 잠들 때면 내 등을 문질러주고, 아침에 일어날 때면 내
다리를 꾹 눌러주었던 우리 엄마. (…) 담요 밑으로 엄마는
내 오른발을 잡아 엄지손가락으로 부드럽게 문질러주었다.
담요의 따스함과 엄마의 손길에 아기였을 때 엄마 등에 업
혀 어깨 사이에 뺨을 기대던 때가 생각났다.[*]

　누군가의 신체 일부를 반복적으로 어루만져 주는 것은
어린 시절 사랑받는 기억의 원형이 되는 감정이자 살아가
는 힘의 원천이다. 유감스럽게도 나에게는 그런 기억이 부
모로부터 비롯되지 않았다. 다만 나에게는 어린 시절 내 귓
불이 빨개질 때까지 만지길 좋아하는 언니가 있었고, 초등
학교 5학년 때 크게 당한 교통사고로 중환자실에서 일반 병

[*]　　그레이스 M. 조, 주해연 옮김, 《전쟁 같은 맛》, 글항아리, 2023. 121쪽,
　　441쪽.

동으로 옮겨와 의식을 되찾은 순간에 나의 손을 하염없이 지압하는 고모가 있었다. 유년 시절 몸에 새겨진 따뜻한 기억들.

아기와 애착을 형성하는 익숙한 방법이란 아기의 손과 발을 꾹꾹 눌러 지압하는 것인데, 그 행위를 하다가 잊었던 어린 시절의 기억들이 문득 소환되며 깨달았다. 나에게도 그런 따뜻한 스킨십의 기억이 있었다는 것을, 어릴 적 나를 쓰다듬던 그 손길을 내가 참 좋아하고 갈구했다는 것을. 그 손길에서 각별한 애틋함을 느꼈고, 켜켜이 쌓인 잠재된 기억들로 나 역시 내가 사랑한 사람들을 어루만지는 사랑의 기술을 재현할 수 있었다.

"사랑하려고도 하지 않았고 사랑받는 일도 없었다"** 라는 소설 속 문장처럼 떠올리면 마음이 종종 서늘해지는 유년 시절을 돌이켜 보면서, 내가 누군가의 돌봄과 헌신 없이 저절로 자랐다는 오만한 생각을 하곤 했다. 하지만 아기를 돌보면서 소환되는 어떤 따뜻한 온기가 있었다. 내가 받았던 보살핌의 조각들을 맞춰 가며 기억 저편에 존재하는 서늘한 마음을 조금씩 떨쳐내는 중이다.

언젠가 방송인 김나영은 육아 예능 프로그램에서 이런

**　 김사량, 김석희 옮김, 《빛 속으로》, 녹색광선, 2021, 15쪽.

말을 했다. 너무 어릴 때 엄마를 잃어서 엄마에 대한 기억이 얼마 없는 와중에 엄마가 배방구를 해 주던 게 엄마의 사랑을 느낄 수 있었던 최초이자 마지막 기억이라고. 이른바 '배방구'로 각인된 사랑의 기억이다. 그래서 그녀 역시 사랑하는 아이에게 자주 배방구를 하며 꺄르르 장난치며 웃곤 한다고 말했다. 나는 그녀의 말을 듣고는 기계적으로 아기 은호에게 배방구를 해 주었다. 그녀처럼, 훗날 은호에 대한 내 마음이 배방구라는 스킨십으로 기억된다면, 잠시나마 미소 지을 수 있는 추억이 되지 않을까 싶은 마음에서. 애정 표현 역시 몸소 받지 못했다면 글이든 귀동냥이든 '배워서' 실천하면 되는 것 아니겠는가.

지금으로부터 십 년 전쯤 친한 언니 집에 놀러 갔다가, 그가 초등학교 고학년 아들에게 딸기 꼭지를 칼로 떼어 내고 네 등분해 주는 모습을 보았다. 다소 의외의 모습. 평소 카리스마 넘치는 언니가 자녀 역시 거칠게(?) 키울 줄 알았던 나는 약간의 놀라움과 불편함을 느꼈다. '굳이? 과잉보호 아냐? 이러다 아이가 스스로 딸기 꼭지를 떼어 내고 먹을 줄 모르는 어른으로 자라는 건 아닐까'라는 하등 쓸데없는 걱정을 3초간 하면서.

하지만 그건 어떤 면에서 내 어린 시절의 박탈감을 자극했기 때문이라는 사실을 알았다. 아무도 생선 살을 발라 주지 않았고 딸기 꼭지를 떼 주기는커녕 딸기 구경조차 드물었던 나에게는. 그러고는 생각했다. '혹시라도 이다음에 아이를 갖게 되면 나 역시 딸기 꼭지를 떼서 한입에 먹기 좋게 썰어 포크로 찍어 주는 엄마가 될까.'

그때의 그 성마르고 불안정한 젊은 여성은 어느새 어설프게나마 다정함을 흉내 내는 엄마가 됐다. 아기가 딸기를 바닥에 떨어뜨리자 '주워서 먹어도 돼'라고 말하고 싶은 충동을 참아 내는, 아이가 도움을 청하기 전까지는 먼저 해주지 않아도 된다는 쿨한 마음의 온도를 높이려 애쓰는 엄마가 됐다.

우리 집 아기에게 따뜻한 음식을 만들어 주는 건 자신 있지만, 살뜰히 보살피고 사랑하는 건 여전히 막연하고 어렵게 느껴질 때가 많다. 마치 주말드라마에서 본 다정한 부모와 자식 관계를 흉내 내는 것처럼 느껴져 부자연스럽다. 마치 영어 회화를 배울 때처럼 오글거리더라도 내가 닮고 싶은 다정함을 흉내 내고 연기하면서 내 것으로 만드는 중이다. 누군가에게 대체 불가능한 존재가 돼 가는 '엄마 연습'은 퍽 부자연스러운 일이구나, 느끼면서.

어떤 성장담

2020년에 아기를 낳고 한동안 가장 부러운 사람은 아이를 돌보는 데 부모님의 도움을 받거나 돌봄을 외주화할 수 있는 경제력을 가진 이였다. 아이는 당연히 부모가 키워야 한다고 믿는 고지식한 면은 타인의 시간을 사들일 여유까지는 없는 우리 부부의 경제력에서 나오는 방어 논리였다. 또한 돌봄 하청은 부자들의 삶에서나 등장하는 개념이라고 생각했다. 하지만 SNS에서 알게 된, 같은 해 아이를 낳고 기르는 사람 중 생각보다 많은 이가 육아를 돈으로 외주화하며 자신의 시간을 확보하는 모습을 보았다.

순진하게도 나는 그때 처음으로 돈의 많고 적음이 명품 가방 소유 여부가 아니라는 사실을 깨달았다. 그해 만난 명문대에 입학한 청년은 입학생의 과반수를 차지하는 강남 친구들과 자신이 다른 점 중 하나가 '이모님'의 존재 여부라고 말했다. "동기들은 어릴 적에 피가 섞이지 않은 이모님이 돌봐 주는 삶을 기본값으로 생각하더라고요."

우리 부부는 국가에서 전액에 가까운 비용을 부담하는 출산 후 산후조리 서비스와 어린이집을 제외하고는 돌봄을 위탁할 곳이 없었다. 사적인 육아 돌봄 서비스는 한참을 망설이게 하는 고비용이었다. 타인의 시간을 전액 자부담으로 사는 것은 당연히 우리에게 너무나 비쌌다. 차라리 내 한 몸 고생하고 말지, 무리해야 했다. 모유 수유 부작용으로 가슴에 주사기로 고름을 빼 가며 독박육아를 한 기억, 열감기에 걸려 몸져누운 채로 아이를 본 기억, 육아 하청이 너무나도 간절한 순간들….

하지만 그런 문제는 어떻게든 돌파할 수 있었다. 무엇보다 나는 그럴 수만 있다면, 육아를 외주화할 수만 있다면, 가장 간절하게 하고 싶은 일은 글쓰기였다. 헬스를 하거나, 물리치료를 받거나, 회사에 복귀하기 전 승진에 유리한 자격증을 따기 위한 공부를 하거나, 아니면 별다른 이유가 없거나, 그런 이유들은 아무럼 부럽지 않았다. 다만 아기를 이모님께 맡기고 글쓰기 수업을 다닌다는 사람은 마치 내 치부를 건드린 것처럼 아팠다. 그 당시 수많은 상념이 기록되지 못하고 육아 노동으로 갈려 나갔다.

그나마 2022년은 아이가 두 돌이 지나면서 세 밥 통잠을 자기 시작했고 덕분에 아기가 잠든 시간, 주로 새벽에 깨서

글을 쓰거나 일하는 경우가 늘어났다. 새벽에 글을 읽거나 쓰고 필사하고 업무를 보는 것은 어느새 호젓한 일상을 넘어서 하루의 중요한 의례로 자리 잡았다.

아기를 재우다 덩달아 까무룩 잠들었다가 새벽에 일어나 뭔가를 하는 것이란 아기가 생기기 전에는 잠이 많은 나에게 도저히 있을 수 없는 일이었다. 어떻게 가능했을까?《돌봄과 작업》에서 정서경의 말이 떠오른다. "(아이를 낳은) 그 이후로 진짜 사랑이 아닌 것은 쓰고 싶지 않았다."* 아이 때문에 새벽에 일어나 글을 쓰는 것이 아니라, 아이가 주는 에너지 '덕분에' 새벽에 깨어 있을 수 있었다.

여전히 나는 "부양가족의 욕구와 자신의 야망 사이에서 힘겨운 선택을 해야 했다"** 라는 여성 예술가의 고민을 동일시하곤 한다. 하지만 중요한 건 지금의 내가 무수히 많은 돌봄 노동의 결과라는 점이다. 내가 타인의 시간을 사들여 아이를 비교적 수월하게 키웠다면 지금의 내가 아니었을 것만 같은 느낌이다. 또다시 정신승리에 불과할지라도 한 존재를 온전히 책임지는 경험을 하면서 마침내 나 자신이 됐고, 우리가 됐다. 그리고 이 모든 건 남편과 함께이기에 가능한 시간, 성장이었다.

---

*   정서경 외,《돌봄과 작업》, 돌고래, 2022, 43쪽.
**   메이슨 커리, 이미정 옮김,《예술하는 습관》, 걷는나무, 2020, 11쪽.

미역국 단상

오늘따라 참 맛있는, 오랜만에 먹는 미역국이다. 연거푸 두 그릇을 비우고 나서야 은호를 낳고 키운 지 어느새 3년이 흘렀다는 사실이 실감 났다.

나야, 그동안 고생 많았어. 최고로 사랑하는 사람의 탄생일인 동시에, 내가 새로운 삶을 살기 시작한 그날, 2020년 7월 2일을 기념하며.

나는 여전히 난임 커뮤니티를 기웃거린다

"너무 신기한 게 임신하고 나니까 힘들었던 시간이 하나도 기억이 안 난다. 너무 감사하다."[*]

오랜 난임 끝에 아기천사를 만난 사람들의 반응은 대체로 한결같았다. '그동안의 고생이 하나도 생각 안 날 정도로 행복하다.' 임신이 뜻대로 되지 않아 힘든 시절은 지나갔고, 지금 나는 운 좋게 아이를 낳아 기르고 있다. 하지만 더할 나위 없는 현재의 행복이 외롭고 무참하던 과거의 나까지 구원할 수는 없었다. 외롭고 힘든 시기에 자신을 돌보지 못한 데 대한 회한을 느끼며, 과거의 그 성마르고 불안정한 여성은 이미 나로부터 멀어져 이제는 내가 챙겨 주고 싶고 자꾸 마음이 쓰이는 사람이 됐다. '상처받은 치유자(Wounded healer)'가 되고 싶은 건지도 모르겠다.

[*] 지소희 인터뷰, 〈동상이몽 2-너는내운명〉, SBS, 2022년 12월 19일.

이 책을 쓰는 몇 달간 철저히 '난임 당사자'의 입장에서 세상을 바라보려고 애썼다. 그 애씀은 내가 이미 당사자의 처지가 아니기 때문에 취해야만 하는 노력이었다. 나는 과거 난임 시절, 결국에는 자기 아이 갖기에 성공하고 나서 '지나고 보니 아름다웠더라' 회고하는 극복 서사가 담긴 텍스트를 일절 외면했다. 그랬던 내가 당사자를 벗어난 처지에서 회고 형식의 책을 낸다니 우습기도 했다. 따라서 내가 이 책을 써야 한다면, 단순히 원하는 것을 성취했다는 자랑 이외에 어떤 이야기를 풀어내야 할지 고민했다.

아이를 낳았지만 나는 여전히 맘카페보다 불다방이 익숙하고 편하다. 지금은 비록 난임 상태에서 벗어났지만, 어느덧 그 경험은 내 정체성의 일부가 됐다. 이제야 내가 겪은 난임의 고통에 대해 드물게 감사함을 느끼곤 한다. 물론 어디까지나 그 전제조건은 '예전 일'이 돼 버린 상황에서 그렇지만.

나는 지금도 여전히 난임 커뮤니티에 접속해 고군분투하는 이들의 글을 읽는다. 과거의 내 모습이 머물러 있는 공간, 힘든 추억으로만 끝나지 않는 이야기들. 내가 비록 같은 처지는 아닐지언정 그들과 같은 입장이 되는 건 가능했다. 그들의 이야기를 접하면서 비로소 나만 빚이있다는 착각에서 벗어날 수 있었다. 여전히 나이기도 한 그들을 만나고 싶고 공감하고 싶다.

임신이 되면 되는 대로, 안 되면 안 되는 대로, 여성의 몸으로 살아가면서 홀로 감수해야 하는 이야기가 차고 넘친다. 나는 이것들을 모조리 가시화하고 싶었다. 유난으로 보일지 몰라도, 여성의 삶은 여전히 더 언어화돼야 한다고 믿으며.